Lucia Meyer

OBST VOM BODENSEE ODER DREI CENT FÜRS GLÜCK

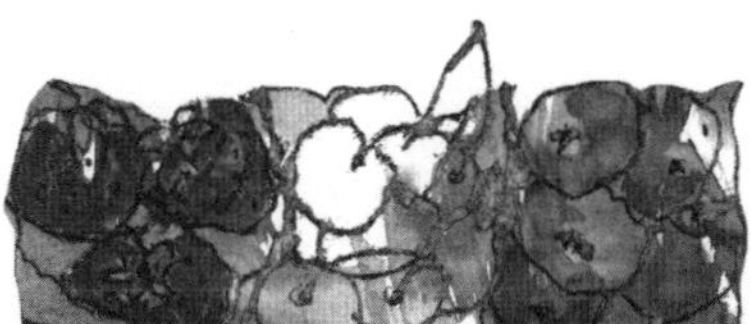

Für Vincent, Samuel, Pius
und Theo

Der Winter hat sich gehörig in die Länge gezogen. Ungeheuerlich, dass man sogar im Juni noch heizen muss, Schafskälte eben.
Die Spargelernte ist in der Nässe ertrunken, die Ernte ist gering, aber nun kommt ein Azorenhoch daher! Die Natur löst sich explosionsartig aus ihrer Starre. Als hätten Sonne und Wärme die Erdbeerfelder entzündet, brechen die Blüten hervor und die Früchte leuchten. Wie Lichterketten in sanften Bögen auf endlosem Grün.
„Halt s'Maul", knurrt Olli. „Ordinäres Gekreisch ... der Mönch da drüben." brummelt er entschuldigend.
„Hast Du was gegen Mönchsgrasmücken?" frage ich.
„Ich hasse den Frühling, dieses aufdringliche Grün überall und dieses schrille Vogelgekreische, ich kann's nicht mehr hören. Bin halt eher der Wüstentyp. – Hast Du schon mal die Sahara bei Sonnenuntergang erlebt? Da musst mal hin! Sandgelb, orange, olivbraun, auberginenlila die Schatten...."
„Und kein Grün?"
„Ich brauch' kein Grün, ich mag das nicht, das ist mir zu vulgär, schau Dich doch mal um, siehst ja nix anderes als nur Grün hier."
„Aber stell Dir vor, ein Bild in diesen Wüstenfarben! Da fehlen doch ein paar Tupfer sattes, warmes Dunkelgrün!"
„Igittigitt, wie ätzend!"
„Schau Dir doch mal den Wald an da drüben: Zartgelb, lindgrün, rötliches Grün, bläuliches Grün, Orangetöne, dazwischen blühende Kirschbäume und Schlehenbüsche, schön wie der Schleier einer Braut!"
Olli kneift die Augen zusammen:

„Du weißt ja, mit Bräuten hab ich's nicht so. Sach mal, da…" Er sucht mit seinem Daumen den Punkt auf meiner Wirbelsäule. „Was könnte denn das sein? Da zieht's mir immer so. Meinst Du, man kann daran sterben?"
„Aber nein doch, Olli, ich hab noch nie gehört, dass jemand an Rückenschmerzen gestorben wäre…"
Drüben im Tal singen die Vögel. Olli beobachtet sie mit seinem Fernglas und zählt sie in einer Strichliste wie der Buchhalter eines Großkonzerns. Wenn das Motorengeräusch in kurzen Intervallen verstummt, kann man den Vogelgesang hören. Aber das ist selten der Fall, denn Lastwagen und PKW folgen einander endlos, dorfeinwärts, dorfauswärts, in beiden Fahrtrichtungen, dazwischen tuckern die Traktoren der Bauern.

*

„Wie geht es Ihrer Frau?", frage ich Heiner, er öffnet den Verkaufsraum und verwaltet den Türgriff. Morgens bringt er ihn fröhlich schwenkend aus dem Wohnhaus herüber, er steckt ihn ins Schloss des alten Garagentores, dessen beide aus rohen Brettern zusammengenagelte Flügel mit Schwung und lautem Knarren zurück geschlagen werden. Die acht großen umgedrehten Obstkisten werden in Reih' und Glied aufgestellt und mit rot-weiß karierten, groben Leinentüchern verhüllt, auf denen ich die Ware fein säuberlich und appetitlich in Holzsteigen nebeneinander ausbreite, Obst und Beeren bilden dabei einen farbenreichen Kontrast. Neben den schwarz glänzen-

den und gelben Knorpelkirschen platziere ich die leuchtend roten Erdbeeren, schwarze Johannisbeeren, dann wieder rote Himbeeren, daneben hellgrüne Stachelbeeren, gelbe Mirabellen, dunkelblau bis lila die Pflaumen, je nachdem, was auf dem Feld gerade reift. Auf einer getrennten Kiste stapeln sich die Tüten mit den verschiedenen Apfelsorten. Und drüben, schön angeordnet, der grüne Salat, die roten Radieschen, weiße Lauchstangen, die Sellerieknollen, grüne Bohnen knackig frisch vom Feld, Tomaten und Kohlrabi von der Reichenau und die Spargelkörbe, abgedeckt mit einem feuchten Tuch, nur ein paar Köpfchen schauen da heraus. Vorne aber, dicht am Fahrradweg neben der Straße, da stehen die Rosen unter einem roten Schirm mit Signalwirkung, als Blickfang sozusagen. Dann verlangsamen die Autofahrer ihre Fahrt, wenden die Köpfe und spähen neugierig herüber. Der überdimensionale grüne rechteckige Marktschirm wird von Heiner morgens bedächtig hinaufgezogen und aufgeklappt, das Spannseil festgezurrt, sorgfältig zusammengerollt und gut verstaut. Irgendwann hat Heiner sich die Finger der linken Hand abgesägt, aber mit dem verbliebenen Daumen und dem kleinen Finger kommt er gut zurecht.
„Oje, es könnte besser sein. Nun hat sie noch die Gürtelrose!“
„Mannomann, der bleibt aber auch nichts erspart!“
„Sie isst jeden Tag sieben Tabletten. Lass das Zeug weg, sag ich ihr, das macht Dich nur noch kränker! Aber sie hört ja nicht auf mich. Jetzt hat ihr der Arzt andere Medikamente verschrieben, aber damit ist es nur noch schlimmer. Sie hat halt immer diese Schmerzen.“

„Gürtelrose ist eine langwierige Sache. Jemand hat mir mal erzählt, er sei, als es überhaupt nicht besser wurde, zu einer Heilerin gegangen, die die Gürtelrose besprechen konnte. Er wusste vor Schmerzen nicht mehr aus noch ein, das habe aber geholfen… vielleicht…“
„Jetzt probiert sie es erst mal mit ihren Tabletten …“

❊

Braun gebrannt und strahlend steigt Ingrid aus ihrem Wagen, sportlich durchtrainiert vom Tennisspielen. Hey, schon lange nicht mehr gesehen! Sie kommt gut erholt von einer Urlaubsreise aus der indonesischen Inselwelt zurück, von der sie begeistert erzählen kann. Manchmal hat sie ein wenig Probleme mit ihrem rechten Ellbogen, aber sie kriegt das in den Griff.
„Soso, und Du stehst auch dieses Jahr wieder an der Straße?“
„Du weißt ja… immer, wenn die Erdbeeren reif sind, dann beginnt meine Marktfrauenzeit. Zu den Erdbeeren kommen die Spargel, – dieses Jahr allerdings weniger, die Ernte ist nicht gut – die Rosen, dann die Kirschen, die Johannisbeeren, die Himbeeren und schließlich die ersten Äpfel, die Mirabellen und die Zwetschgen. Ich richte mich nach dem Fahrplan der Natur…“
„Sag mal, warum tust Du Dir das an? Habt Ihr denn das nötig?“
„Was heißt hier nötig…“
„Na, viel kriegst Du doch sicher nicht für diese Arbeit?“ –

„Es geht mir doch nicht primär ums Geld…“
Was soll ich dazu sagen, muss ich mich rechtfertigen dafür, dass ich an der Straße stehe und Obst verkaufe? Dass ich gerne Menschen um mich habe, dass ich abends nach getaner Arbeit zufrieden bin, wenn ich mich mit müden Beinen neben einem kleinen Grillfeuer auf der Terrasse niederlasse, den Abendsalat mit einem Gläschen Wein genieße und danach sorglos und zufrieden in einen erquickenden Nachtschlaf falle. Eigentlich hatte ich mich ursprünglich danach erkundigt, ob ich auf dem Feld helfen könnte beim Äpfel pflücken, in den Plantagen, mit Blick auf den See und in die Herbstlandschaft, mit frischer Luft unter dem klaren, blauen Himmel, den Duft der herrlichen Frucht in der Nase.
„Ach was,“ sagte die Chefin, „ich hab’ da was viel Besseres für Sie…“
„Na und, was ist dabei? Die paar Monate im Jahr…, der kleine Job hält mich fit. Das Kopfrechnen tut mir gut, das hält meine grauen Zellen auf Trab, mit der Zeit läuft’s wie geschmiert, und mit beiden Händen komme ich bei durchgestreckten Beinen noch auf den Boden – und das in meinem Alter!“
„Und danach wieder die Weinlese?“
„Genau. Das ist dann mein Fitnessprogramm für den Winter! Wirkt wie eine Kur, und das ganz ohne Sanatorium, körperliche Bewegung in der freien Natur, kneippsche Anwendungen, Kälte- und Wärmereize auf der Haut zur Abhärtung, könnte man sagen…“

*

„Guten Tag, eine Schale Erdbeeren, bitte."
„Bitteschön, suchen Sie sich doch gerne eine aus…, und ein bisschen Spargel noch dazu?" Sogar eine kleine Spargelernte haben die warmen Temperaturen der letzten Tage noch herbeigebracht.
„Nein nein, ich muss noch sechs Stunden fahren – oder sogar noch länger – bis nach Leipzig…"
„Na, das ist der nächste Weg, und das am Freitag bei diesem Verkehr."
„Ich mach das nicht jede Woche, ein-, zweimal im Monat. Ich bin beruflich viel unterwegs und meine Familie wohnt eben in Leipzig, aber nicht mehr so lange, zwei Jahre noch, dann macht der Jüngste Abitur, so lange halten wir das durch."
„Wäre da Fliegen nicht geschickter?"
„Die Firma zahlt eben nur das Benzin – nicht den Flug. So ist es halt meine Zeit und leider auch mein Stress dazu. Sonntag nachmittags geht es dann wieder zurück."
„Dann wünsche ich Ihnen eine gute Reise und ein schönes Wochenende!"
Manche Kunden halten gerne einen kleinen Plausch.
Ingrid sieht sich mittlerweile im Laden um.
Natürlich könnte ich den Sommer über auch anderes tun, baden gehen, mit dem Wohnwägelchen durch die Gegend ziehen, lesen, malen, das Leben genießen, habe schließlich auch schon genug gearbeitet.
Stimmt doch, was muss ich mir eigentlich immer noch beweisen, denke ich und wende mich Ingrid wieder zu, die Lust auf ein Schwätzchen zu haben scheint.
„Machst Du noch Musik?" frage ich.

„Schon. Jetzt eher alte Schlager mit Playback, die klassischen Sachen nicht mehr so sehr, ...nur noch wenig, zwischendurch mal..."
„Schade... dass es so gekommen ist."
„Ich war ja nicht direkt beteiligt. – Ich hab' ja von allem erst viel später erfahren, weil ich zu der Zeit im Urlaub war."
„Habt Ihr Gitarren dabei?"
„Nein, aber Playback, das hört sich auch nicht schlecht an. Und Ihr?"
„Drei Gitarren, drei Mundharmonikas und eine Flötensolistin mit einem wunderschönen Ton... dazu noch eine Solistin auf der Mandoline, die sehr gut ist. – Schade, dass ihr nicht mehr dabei seid! ..."
„Tja, so ist das halt manchmal im Leben."

So ist das im Leben. Etwas keimt und führt die Menschen zusammen, Hoffnung und Zuversicht für eine Weile, Gemeinsamkeit und Freundschaft für eine unbestimmte Frist, dann Stagnation und erste Enttäuschungen, langsames Entfernen und schließlich die Trennungen, mehr oder weniger schmerzhaft und abrupt.

*

Es gibt immer etwas zu tun am Stand: Die Schalen müssen sortiert werden, denn Erdbeeren sind empfindlich. Druckstellen, die schon beim Pflücken durch unvorsichtige Handhabung entstehen können, verfärben sich braun binnen Stunden. Abwiegen, die Kisten und Schalen neu anordnen, damit sich ein

ordentlicher Anblick bietet, zwischendurch aufkehren: Die Leute steigen aus den Autos, spucken ihre Kaugummis aus, reißen ihre Zigarettenschachteln auf, zünden ihre Glimmstengel an und lassen, wo sie gerade stehen, angebrannte Streichhölzer, Papierfetzen, Tempotaschentücher samt Zigarettenstummel fallen. Das Motorengeräusch wird leiser, wenn ein Auto langsam heranrollt. Dann klappen eine oder auch mehrere Türen. Ich warte, bis sich die Kunden nähern, dann lege ich meine Arbeit nieder und gehe ihnen entgegen. Manchmal purzelt die ganze Familie samt Kindern und Hund auf das Pflaster. Manchmal kommt nur der eilige Mann, die Frau bleibt im Auto sitzen, manche schauen mürrisch vor sich hin.
Auweia, schlechte Stimmung, sie schaut nicht einmal her, kein Gruß, kein Lächeln. Sie untersucht aus Langeweile ihre Fingernägel. Sie dreht die Scheibe herunter und gibt knappe Anweisungen. Der Mann eilt dienstbeflissen zurück zum Auto, muss seiner Frau erst zeigen, was er einkaufen will und fragen, ob sie mit Qualität und Preis einverstanden ist.
„Meiner Frau geht's nicht gut. Wir müssen mal raus an die frische Luft, mal fort von dem Laden, wo sie arbeitet. Am See fühlt sie sich am wohlsten," erklärt der Herr, als wolle er seine Frau für ihr seltsames Verhalten entschuldigen.
Meistens aber steigen beide aus.
Der Hof vor unserer Scheune neigt sich der Straße zu, so dass manch gut beleibte Frau beim Aussteigen Mühe hat, weil die Autotüre ihr immer wieder entgegen fällt. Sie muss aus dem tiefen Autositz bergan auf die Beine kommen, was vor allen Dingen älteren

Personen erhebliche Schwierigkeiten macht. Die Fahrerseite ist schräg abwärts geneigt, die Männer haben es leichter auszusteigen, – je nach dem, von welcher Seite auf den Hof gefahren wird. Dabei gäbe es eine ganz einfache Methode, indem man zunächst beide Füße auf den Boden stellt und dann den ganzen Oberkörper mit Schwung nach vorne kippt. Die meisten hieven zuerst das eine Bein heraus und wollen das andere mit dem Körpergewicht nachziehen, das geht häufig schief und sie plumpsen ächzend wieder zurück, um einen neuen Anlauf zu nehmen.
Beim Einsteigen gilt dasselbe: Erst das Hinterteil auf dem Sitz platzieren, danach beide Füße gleichzeitig durch eine 90-Grad-Drehung in das Auto befördern. Aber es ist ja nicht meine Aufgabe, das zu erklären. Ich stehe da, wartend, und tue so, als ob ich ihre Anstrengungen nicht bemerkte, weil das den Menschen peinlich sein könnte, vor allem den Jüngeren, den Sportlichen, aber wenn sie lachen, helfe ich nach: „Und noch einmal, ho-hopp!" Manchmal laufe ich hin und biete den Älteren meinen Arm an.

⁕

Freitagabends brechen die Verliebten ins Wochenende auf. Sie kaufen froh gelaunt den Proviant fürs Picknick ein. Am Heck sind die Fahrräder aufgeschnallt, man radelt, so weit man Lust hat, dann sucht man sich ein gemütliches Hotel irgendwo am See und am nächsten Tag geht es weiter. Die Vorfreude weitet Herz und Geldbeutel. Sie versuchen wohlwollend meinen Käse, weiche Brie-Rotschimmelkultur, zergeht wie Butter auf

der Zunge! Das Wort „Schimmel“ darf ich nicht benutzen. „Wenn das die Leute hören, werden sie gleich skeptisch,“ sagt die Chefin, also „Rotkultur-gereifter Käse“. Dazu ein duftendes Steinofenbrot, knackige Kruste, saftige und würzige Krume aus Bauernbrotmischung, halbweiß, und ein feines Fläschchen Wein vom Bodensee – dann ein schöner Abend zu zweit.
Noch einmal so jung sein und so unbeschwert, noch einmal so neugierig auf einen anderen Menschen, noch einmal so voller Erwartung und Hoffnung!
‚Jetzt schlägt's aber dreizehn! Das sicherste Anzeichen dafür, dass Du alt wirst, ist der Neid auf das Glück der Jungen.‘
Die Chefin legt Wert auf gute Ware. Bevor etwas in den Verkauf gelangt, probiert sie mit Freunden und Familie aus, ob ihr Angebot allen Ansprüchen des gehobenen Geschmacks genügen kann.
Es stimmt, unsere Preise können mit denen der großen Discounter nicht konkurrieren, dafür aber wird unsere Ware aus der Region und frisch vom Hof geliefert und nur das Beste kommt in den Verkauf.

*

„The early bird might catch the worm, but the second mouse gets the cheese“, ein junger Mann mit buntem T-shirt und dem bedeutungsvollen Aufdruck quer über seiner Brust, macht einen Großeinkauf. Komischer Spruch. Ist doch völlig klar, dass ein Vogel mit dem Käse nichts anfangen würde und für die Maus ist ein Wurm vielleicht auch nicht gerade der ideale Leckerbissen. Fressen Mäuse lieber Würmer oder

Käse? Was soll's, Jedem das Seine, man braucht nicht immer der Erste zu sein, dann ist die Welt doch in Ordnung…

*

Der Mann quasselt in einer Tour. 6,70 plus 4,90 macht 11,60 in einer Millisekunde habe ich das beisammen. Er auch!
„Neineinein", er kommt mir bedrohlich nahe, „gute Frau, da haben Sie sich verrechnet, 10,60 macht das und nicht 11,60."
Draußen stehen die nächsten Kunden, und ich lasse mich aus dem Konzept bringen; es eilt, denn wenn es den Leuten zu lange dauert, steigen sie wieder ein und fahren weiter. 10,60 drückt er mir in die Hand und fährt davon mit seinem Einkauf.
Ich fühle mich unwohl dabei und ärgere mich… „Was darf's denn sein? Sind Sie als Nächster dran? Kommt noch was dazu? Bitteschön, Dankeschön… Und bei Ihnen?" So geht es in einem fort, es dauert eine Weile, bis ich wieder an den Herrn denke und daran, dass ich mich von ihm um einen Euro habe betrügen lassen. Er schien sich so sicher und ich habe mich durch seine überlegene Art und in der Hektik einschüchtern lassen und ärgere mich maßlos über mich selbst. Hat er sich verrechnet und wirklich geglaubt, im Recht zu sein oder wollte er mich absichtlich in dic Irre führen? Warum habe ich nicht auf meiner Rechnung bestanden? Habe einfach klein beigegeben, es geht mir nicht einmal so sehr um den einen Euro, der in der Kasse fehlt, es geht mir dabei ums Prinzip.

Das Trinkgeld lasse ich sowieso in der Kasse, und die Kundschaft ist manchmal recht großzügig….

❊

„Hach, habt Ihr es schön hier, wir kommen gerade aus Hamburg zurück. Erdbeeren gab's dort nicht. Das Wetter ein reiner Gemischtwarenladen. Die Ferienwohnung ganz o.k., und fast jeden Mittag Fisch. Ham uns ma so richtig durchpusten lassen. Jetzt stellen Sie sich mal vor, was uns passiert ist. Wir waren ja immer mehr so die Bergwanderer und sind früher jahrelang nach Kals am Großglockner in den Urlaub gefahren. Von dort aus haben wir herrliche Wanderungen gemacht. Eines Tages sind wir hinüber vom Kalstal ins Iseltal und wir waren noch nicht ganz droben auf dem Kamm, da bemerkten wir den Rettungshubschrauber. Er barg eine Person, die abgestürzt war auf der anderen Seite. Wir sahen, wie jemand am Seil hochgezogen wurde und waren ziemlich erschrocken, es war aber niemand da, den wir hätten fragen können, was eigentlich wirklich passiert war. Das war vor Jahren…Nun, dieses Jahr wollten wir mal an die Nordsee. Wir fahren immer sehr gemächlich, im Urlaub braucht man sich ja nicht abzuhetzen, also fuhren wir bei Hannover auf gut Glück herunter von der Autobahn und kamen in eine kleine Dorfwirtschaft auf dem Lande, wo uns ein Zimmer für eine Nacht gerichtet wurde. Abends saßen wir in der Gaststube noch ein wenig mit dem Wirt zusammen und kamen ins Gespräch, erzählten ihm, dass wir eigentlich immer in die Berge an den Großglockner gefahren seien und nun doch einmal gerne Meeresluft schnuppern wollten. ‚Mein Onkel,

sagte er, fuhr auch immer nach Kals in die Ferien, er war ein passionierter Bergwanderer. Dort in der Nähe ist er auch gestorben, er ist abgestürzt und konnte nur noch tot geborgen werden. Von ihm habe ich dann dieses Gasthaus geerbt…' ‚Jetzt sagen Sie mir bloß, das war an einem 26. August!' Dieses Datum hatte ich mir gemerkt, denn es war genau 10 Tage nach meinem Geburtstag. Und so war es: Der Rettungshubschrauber, der da über uns herumkreiste, hat seinen toten Onkel geborgen und, man stelle sich das mal vor, Jahre später sitzen wir in der Gaststube, die diesem mal gehört hat. Gibt es nicht sonderbare Zufälle?"
Wirklich eine ganz sonderbare Geschichte. Nun gibt es Abertausende von kleinen Dorfwirtschaften und punktgenau diese eine musste es sein… Manchmal passieren Dinge, die man nirgends einordnen kann, geschweige denn erklären.
Aber muss man denn für alles eine Erklärung finden? Das Leben stellt doch die besten Rätsel.

⁂

Das Wochenende ist Rosenzeit: Ein Sträußchen zum Rendez-vous, ins Krankenhaus, zur Beerdigung, zu Geburtstagen oder sonstigen Festen, zu Kaffeeeinladungen am Nachmittag, zu sommerlichen Grillabenden…
Unsere Rosenfelder liegen um den Hof herum wie flammend bunt gewebte Teppiche und verströmen ihren zitronenartigen Duft. Morgens um fünf werden die Blumen geschnitten, die Blütenköpfe sind noch beperlt vom Tau und geschlossen, so halten sie am längsten in der Vase. Am Hauptstand stehen die Rosen

in großen Eimern nach Farben geordnet, zwanzig Blüten und mehr zusammen, das ist eine reine Lustbarkeit für Augen und Nase.
Wir stellen sie in den Schatten unter den Sonnenschirm, damit sie in der Sommerhitze die Köpfe nicht hängen lassen, und justieren tagsüber die Schirme nach dem Lauf der Sonne. Mindestens zweimal müssen wir an heißen Tagen das warm gewordene Wasser in den Eimern wechseln. An kühlem Wasser mangelt es nicht, denn unter dem Birnbaum vor Heiners Bauernhaus plätschert auch im trockensten Sommer ein Brunnen.
Manche Kunden steigen aus dem Auto, gehen zielstrebig zu den Rosen hin, lassen genüsslich den Duft in die Nase strömen, freuen sich an den Farben, kaufen jedoch trotzdem keine und dabei sollten die Blumen dringend in eine Vase auf den Wohnzimmertisch…
Aber hier kommt jemand.
„Ich brauche einen Rosenstrauß, – für meine Mama," fügt er mit gedämpfter Stimme hinzu, als verriete er ein großes Geheimnis. „Sie hat heute Geburtstag." Ein ungelenker Halbwüchsiger mitten in der Pubertät, Pickel im Gesicht, schlacksig, schüchtern und verschämt, allzu oft hat er in seinem Leben noch nicht Blumen verschenkt! Seinen Strauß trägt er davon wie einen wertvollen Diamanten.
Abends dann nach schwülen Tagen neigen sich die schweren, prallen Blüten zur Seite, wir stellen sie nochmals in frisches Wasser und in die kühle Scheune, aber sie erholen sich kaum.
Nun haben die Leute vom Hof die Sträucher gehegt und gepflegt, das ganze Jahr über, haben sie gedüngt, gegen die Läuse gekämpft, gestutzt und zurecht

gebunden. Die Knospen herangezogen, ausgebrochen und schließlich geschnitten, eine wunderbare, duftende Blüte – nun muss sie vergehen, ohne ihren Auftrag erfüllt zu haben.
Bevor sie vollends verwelkt, geben wir sie unseren besten Kunden mit, die dann immer noch ihre Freude daran haben – und auch gerne wiederkommen.

❊

Aus Nantes kommen die beiden schwer bepackten Fahrradfahrer, zwei Freunde. Das hatten sie sich schon lange vorgenommen: Sobald sie in Rente wären, würden sie eine große Radtour machen. Den Eurovelo 6 vom Atlantik bis ans Schwarze Meer.
Ich fasse es kaum! Viereinhalbtausend Kilometer? Da sind sie auch durch Burgund gekommen. Ganz schön hügelig. Dann bis Basel und durch die bergige Schweiz! Jetzt geht es der Donau zu, da wird es dann hoffentlich besser. Die beiden sind guten Mutes. Sie haben alles dabei. Ein gutes Zelt und Regensachen. Das Wetter schreckt sie nicht.
Ich komme aus dem Staunen nicht heraus. Ein bisschen Obst als Proviant. Man kann als Fahrradfahrer nicht so viel essen, das beschwert einen nur, sagen sie. Trinken sei wichtig. Drei Monate haben sie eingeplant, das sei o.k., so bräuchten sie sich nicht zu beeilen und könnten auch mal einen Zwischenstopp und Ruhetage einlegen. Den Heimweg treten sie dann im Flugzeug an.
Na dann, bon voyage!

❊

„Hallo, schöne Frau."
Schön? Ich war noch nie eine Schönheit.
Lächelnd grüße ich zurück. Ein älteres Ehepaar betritt meinen rustikalen Verkaufsraum. An den unverputzten Ziegelwänden sind rohe Holzkisten aufgestellt, die als Regale dienen. Auf einem stabilen Tisch aus dicken Eichenplanken stehen die kunstvollen Türme aus Wurstdosen und Eierkartons zusammen mit einem Rosenstrauß, daneben die Waage und der kleine Kühlschrank aus Glas, gefüllt mit Käse und Wurstwaren. Groß ist die ehemalige Garage nicht, zwei riesige Apfelkisten füllen sie aus, so dass nur ein kleiner Durchgang frei ist.
Aber der Duft der frischen Erdbeeren und das Aroma der Äpfel ergeben zusammen eine betörende Mischung. Wir brauchen keine künstliche Beduftung, um der Kundschaft Wohlgefühl und Produktqualität vorzugaukeln, kein Duftmarketing, damit der Umsatz gesteigert wird. Bei uns ist alles echt. In seiner Einfachheit wirkt der Raum natürlich und einladend.
„Aha, und einen schönen alten Schrank haben sie da hinten auch noch stehen!"
„Das ist aber nur Tannenholz und außerdem sitzt der Holzwurm darin, so wertvoll ist er also nicht," gebe ich zu bedenken, „sind Sie Antiquitätensammler?"
„Kann man so sagen, ich sammle alles…alles aus dem 2. Weltkrieg."
„Aha….."
„Nein, nein, nicht aus weltanschaulichen Gründen, die Ideologie teile ich nicht! Ich sammle lediglich aus rein historischem Interesse. Das ist eben auch ein Teil unserer Geschichte, und warum soll man nicht sammeln, was davon noch übrig ist? Ich kenne mich

da sehr gut aus. Ich sammle alles, Orden, Kriegstagebücher, Uniformen, Waffen…."
„Da fällt mir ein, unsere Buben haben vor Jahren ein gusseisernes Halbrelief gefunden, als in der Nähe ein Haus gebaut wurde, einen Hitlerkopf. Den muss wohl nach dem Krieg jemand weggeschmissen haben. Sammeln Sie so etwas auch?"
„Kommt drauf an, wie es aussieht, arg verrostet?"
„Mein Mann hat ihn irgendwohin verstaut, wegwerfen wollte er ihn nicht, eben auch weil es sich um ein historisches Dokument handelt. ‚Erzähl ja keinem davon, man muss sich ja schämen, so etwas im Haus zu haben.'"
„Sie dürfen alles in Ihrem Haus haben, Sie dürfen es nur nicht publik machen. Meine Sammlung ist mein reines Privatvergnügen. Da kommt keiner ran."
Die Frau, eine freundliche Dame, steht schweigend dabei, sie hält sich geradezu schüchtern im Hintergrund, während er sich mit mir unterhält. Der Mann bezahlt seine Sachen mit zitternder Hand.
Etwa Alkoholiker? vermute ich…. Mit seiner Frau geht er liebevoll um und ermuntert sie zum Einkaufen. „Möchtest Du noch was, schau Dich nur um…"
Ich traue meinen Ohren kaum, das hat man selten! Oftmals überwachen die Männer stumm und kritisch, was ihre Frau da nun schon wieder braucht, oder blicken manchmal auch gleichgültig und teilnahmslos an ihr vorbei, während sie ihre Einkäufe tätigt. Sehr oft weisen sie sie darauf hin, dass man das nun gerade nicht nötig habe, da ja der Kühlschrank zuhause übervoll sei, dass sie ja vorhätten, essen zu gehen, dass sie ja nächste Woche gar nicht zuhause seien…

Ganz umgekehrt bei diesen beiden. Er ermuntert sie zum Kauf und bezahlt und macht nebenbei seinen kleinen Schwatz.
Sie lässt ihn geduldig gewähren. Wenn sie spricht, vernimmt man eine leise Ironie:
„Ich lasse ihn, soll er ruhig seine Sachen sammeln, ist mir immer noch lieber, als wenn er Frauen sammelt."

⁂

Erst einmal den Hof kehren. Sie steigen aus, zünden sich eine Zigarette an und lehnen sich teilnahmslos und lässig ans Auto. Wenn ihre Frau von ihrem Einkauf zurückkommt, schnippsen sie achtlos die angerauchte Kippe weg, und löschen sie mit einer halbkreisförmigen Fußdrehung.
Im Hof blüht der Ahorn und lässt ebenso gedankenlos seine geflügelten Samen fallen, taumelnder Pappelflaum wird vom Wind über die Straße herüber in alle Winkel geblasen und setzt sich gemächlich auf die Erdbeeren nieder. Das ist ärgerlich, denn auf den ersten Blick sieht das Fläumchen auf den roten Beeren aus wie ein kleines Schimmelkränzchen.
Die vorbeirauschenden Autos wehen mir das Zusammengekehrte schnell auseinander, wenn ich nicht eilends alles mit der Schaufel aufnehme.

⁂

Beide, Mann und Frau, ein älteres Semester, schauen sich suchend um, beratschlagen, was sie wohl kaufen sollten, was ihm wohl besser schmeckt, Brat- oder Leberwurst.

„Kann ich Ihnen behilflich sein?"
„Oh ja, wir sind auf dem Weg zu unserem Sohn und suchen noch ein Mitbringsel..., jetzt, was schenkt man einem, dem sein Mädchen davongelaufen ist. Sie war einfach noch zu jung, einfach noch nicht reif genug. Aber er liebt sie halt.
Wir hätten es früher einfacher gehabt, meint er. Da habe man gewusst, dass man zusammenbleibt. Heute sei das nicht selbstverständlich, da müsse man immer damit rechnen, dass man verlassen wird.
Eine Beziehung, hab ich ihm gesagt, ist immer mit Mühe und Arbeit verbunden, und mit jedem Partner kommst Du mal an den Punkt, wo Du am liebsten alles hinschmeißen würdest. So ist es uns schon gegangen, (sie gibt ihrem Mann einen kleinen Schubs mit dem Ellbogen) und so geht es allen, Männern und Frauen. Das Wichtigste ist doch, gerade dann durchzuhalten und weiterzumachen, obwohl die Liebe nicht mehr dieselbe ist."
„Man darf halt seine Erwartungen nicht zu hoch stecken, wir sind alle nur Menschen und nicht perfekt," der Mann schmunzelt seiner Frau zu.
„Lass Deiner Freundin genügend Freiheit, sie hat ein eigenes Leben und muss es nicht vollkommen aufgeben müssen, wenn sie Dich behalten will. Und gehe auf sie ein und höre ihr zu ‚...Mach ich doch, Mama!' sagt er. Jetzt fahren wir zu ihm hin, um zu sehen, wie es ihm geht. Das Mädchen tut mir auch leid. Wir beide hatten sie auch gerne, sie war ja schon ein Teil unserer Familie.
Oh, diese Herzensgeschichten der Kinder. Jedes Mal leidet man mit.

Brecht Euch nicht die Herzen… Das ist leicht gesagt."
Hat er Englisch gelernt, frage ich, „Ja schon, warum?"
Ich rate zu unserem Bauernkäse, dazu schreibe ich auf das Einwickelpapier:
„The early bird might catch the worm, but the second mouse gets the cheese." Vielleicht kommt ja die Einzig-Gute doch noch nach.

❊

Ein Herr schenkt mir das Wechselgeld.
„Ich weiß, Scheiß-Job, so an der Straße!"
„Aber nein," lache ich, „doch nicht, wenn lauter solche Kunden kommen wie Sie!"

❊

Gestern beschwerte sich jemand: So ein schlechter Spargel, ungenießbar, gerade mal ein Drittel konnte man essen, der Rest sei hart und holzig gewesen, zum Wegschmeißen. So was könne man doch nicht verkaufen, er wolle das nur mal sagen…
Wie er ihn denn zubereitet habe, na ja, ins Wasser halt, Gewürz und dann gekocht.
„Und zuerst aber doch geschält?"
„Wasss? Na, das hätten Sie mir auch gleich sagen können, dass man den schälen muss!"

❊

Sie bleibt im Auto sitzen, er steigt aus zum Einkaufen, scheint gut gelaunt zu sein und hat sogar ein paar

nette Worte parat. Es dauert eine kleine Weile, bis er seine Sachen beieinander hat.
Während er bezahlt, stürmt sie plötzlich herbei und schnappt das Körbchen Erdbeeren vom Tisch.
„Sind die überhaupt süß?“ fragt sie barsch beim Hinausgehen und pickt sich eine zum Probieren. Kein Wort, kein Blick zu der Tuss, die ihren Mann soeben freundlich bedient hat. Ihm bleibt nichts anderes, als ihr schnellstmöglich zu folgen.
Grußlos rauschen beide zum Auto davon – dort dreht sich der Mann um und ruft zurück „Tschüss!“ – Immerhin!

*

„Chönt i öppe bi ihne gi bisele go?”
Es ist eilig. Vielleicht da unten auf der anderen Straßenseite bei den Büschen hinter dem großen Nussbaum? Sie rennt davon, es dauert aber nicht lange, da kommt sie wieder.
„Do mäht einer. Händse chai Chlo, 's pressiert. Und i muss no bis go Nürnberg fahre. Nit groß! Nu gi bisele…“
Erleichtert kommt sie zurück. „Danke vielmols!“ Ruft sie mit echter Dankbarkeit.

*

Ein Herr mustert mich von oben bis unten.
„Haben Sie Kinder?“
„Ja, warum?“
„Wie viele?“

„Fünf, sind aber schon alle groß und aus dem Haus!"
„Dann bin ich bei Ihnen hier richtig! Warten Sie mal geschwind."
Der Mann entfernt sich kurz, öffnet seinen Kofferraum und kommt mit einem schweren blauen Müllsack zurück.
„Da nehmen Sie das. Ja, wir müssen das Haus räumen. Unsere Kinder sind auch alle weg, die haben viel damit gespielt."
Er lässt mich einen Blick hinein werfen:
„Das kann ich aber doch nicht annehmen… Was soll denn das kosten?"
„Doch doch, nehmen Sie ruhig, ich schmeiß' das sonst alles weg, das landet alles auf dem Müll, wenn Sie es nicht nehmen!"
Er fährt davon, einkaufen will er nicht.
Neugierig öffne ich den Beutel, eine elektrische Legoeisenbahn mit unendlich vielem Zubehör! Wie kommt der Mann dazu, gerade an mich die Spielsachen zu verschenken!
Wir haben noch keine Enkelkinder, mit denen man sie aufbauen könnte, aber im ehemaligen Kinderzimmer werde ich die Eisenbahn aufbewahren und in Ehren halten. Irgendwann kommt vielleicht der Tag.

❋

Am Wochenende laufen die Geschäfte im Allgemeinen gut, die Gemüter sind entkrampft und die eng geschnallte Gürteltasche sitzt ein bisschen lockerer als sonst.
Wieder bleibt die Frau im Wagen sitzen.

„Vergiss nicht den Salat!“ ruft sie ihrem Mann aus dem offenen Fenster nach.
„Komm, steig aus und schau, was es hier alles Schönes gibt,“ aber sie winkt nur müde ab.
„Ich halte das mit ihr nicht mehr aus. Du musst jetzt mal auf andere Gedanken kommen, sonst landest Du mir in der Klappse, hab' ich zu ihr gesagt. Wir haben eine kleine Wohnung am See, das ist unsere Oase, da kommen wir fast jedes Wochenende her. Sie hat so einen gewaltigen Stress im Büro... sie will ja nicht, dass man darüber spricht, sie hat solche Sorgen in ihrem Job, sie wird regelrecht gemobbt.“
„Ich verstehe, es fällt ihr schwer darüber zu reden.“
„Sie schämt sich, sagt sie. Sie hat Angst, dass alle gegen sie Partei ergreifen, sie ist total verunsichert. Es könnte ja immer auch etwas an ihr hängen bleiben.“
„Hat sie schon mit ihrem Chef geredet?“
„Ach der, das ist es ja eben. Der Mann ist total unfähig, sät Zwietracht und Missgunst, stachelt seine Angestellten gegeneinander auf, missbraucht sie als Informanten und Spitzel. Das sind lauter Eimerträger. Da herrscht ein Hauen und Stechen hintenrum und keiner wagt es, seine Meinung zu sagen. Man sollte meinen, ein Mensch in dieser leitenden Position sollte eine Ahnung haben vom Umgang mit seinen Untergebenen, es gibt doch Seminare, in denen man Menschenführung lernen kann.“
„Anstand und Herzensbildung lernt man nicht in Seminaren.“
„Ich sage Ihnen, ich hab' so einen Hals, wenn ich an den Kerl denke. Dann ist da noch seine Frau, die Oberschwester, die ist noch schlimmer als er, die führt

sich auf wie eine KZ-Wärterin, die hat alles unter Kontrolle und stachelt ihren Mann noch zu seinen Gemeinheiten an."
„Ist Ihre Frau Krankenschwester?"
„Nein, sie ist in der Verwaltung, hat sich da gut eingearbeitet, die Arbeit machte ihr an sich immer große Freude...Naja, wollen wir doch das Beste hoffen!"
„Kommst Du?" Seine Frau hat inzwischen den Kofferraum geöffnet, um die Einkäufe zu verstauen.

*

„Tja, was nehmen wir denn. Erst mal Brot, eine Kohlrabi..." Der Blick des gut aussehenden jungen Mannes schweift suchend über meine Auslagen. Das kleine Kind im Tragekörbchen hat er in den Schatten gestellt. Es fängt lauthals an zu schreien, sobald es seinen Papa nicht mehr sieht. Ich schäle einen Apfelschnitz und reiche ihn dem Vater, damit er das Kind beruhigen kann.
„Wie alt ist denn Ihr Kind? Ist es ein Mädchen oder ein Junge?"
„Siebeneinhalb Monate, ein Mädchen."
„Und die Zähnchen sind ja auch schon da," lächle ich das Kind an. Mein Apfelschnitz scheint ihm zu schmecken.
Da nähert sich eine leger gekleidete Frau, weiße Turnschuhe, rank und flott.
„Ja sag mal, woher kommst denn Du?"
Sie fallen sich in die Arme und begrüßen sich mit freundschaftlichen Küssen auf die Wangen. Sie mussten sich wohl schon eine Weile lang nicht mehr gesehen haben.

„Na, lauter schwere Fälle, alles, was Du willst, HIV, HOPS, Hepatitis, die ganze Palette eben, und Du?"
„Immer noch Uniklinik. Jetzt machen wir hier erst mal 10 Tage Heimaturlaub."
Ich werde unfreiwillig Zeuge des Gesprächs. Die beiden haben sich viel zu erzählen nach langer Zeit, sie verabreden sich zu einem Treffen mit ihren Ehepartnern und Kindern im nahen Schwimmbad.
Die Frau steht breitbeinig wie ein Mann vor ihrem alten Bekannten, ich betrachte von hinten ihre drahtigen Beine, die in weißen Hosen stecken. ‚Mindestens 80 cm Abstand von einem Fuß zum anderen', schätze ich, Körpersprache ist aber nicht mein Spezialgebiet. Es gibt Experten, die so etwas deuten. Mit ständig kreisender Hüftbewegung macht sie den Eindruck, als wollte sie irgendwelche Pheromone großräumig verteilen. Aber ich bin, wie gesagt, kein Experte. Ich packe unterdessen große 5 kg-Tüten Äpfel ab und beschäftige mich im Hintergrund, um nicht untätig einem Gespräch zu lauschen, das mich überhaupt nichts angeht.
Beiläufig kauft die Frau ein Pfund Kirschen, eigentlich ist sie in Eile und verabschiedet sich von ihrem ehemaligen Studienkameraden ebenso herzlich, wie sie ihn zuvor begrüßt hatte. Beide freuen sich über das unverhoffte Wiedersehen und ich freue mich für sie.
„Das war jetzt schön", wendet sich der Mann zu mir her, nachdem sie gegangen ist, „so mir nichts, dir nichts, unverhofft eine alte Studienfreundin wieder zu treffen. Wir haben beide zusammen studiert und uns danach aus den Augen verloren."
„Das gibt es manchmal mit Menschen, die man längere Zeit nicht gesehen hat", antworte ich, „da trifft

man sie plötzlich wieder und es ist so, als sei die Verbindung nie abgerissen. So geht es mir auch mit vielen alten Studienkollegen, aber das ist schon mehr als 40 Jahre her."
Er schaut mich an, sein Kiefer sinkt unmerklich nach unten, seine Augen weiten sich. Er zieht die Augenbrauen hoch, sein Blick schweift über meine Apfelkisten, hin zum rohen Holztisch, auf dem die Waage steht, meine Eier, meinen Honig, meine Wurstdosen und nicht zuletzt meinen Käse, allesamt Spezialitäten der Region.
„Na! Und was ist daraus geworden – ein Obststand!?!"
Schnell nimmt er sein schreiendes Kind und geht.
Jawohl, das ist daraus geworden! Na und?
Gerne hätte ich ihm von meiner Studienzeit erzählt, und warum aus meiner beruflichen Karriere nun ein Obststand geworden ist.

*

Da ist sie wieder, jede Woche macht sie einen Besuch an meinem Stand. Sie parkt ihr Auto etwas abseits, um die Kunden nicht zu behindern. Sie hat wohl vor, etwas länger zu bleiben, nicht um einzukaufen, sondern nur, um zu sehen, was es so gibt. Sie möchte nebenbei gerne auch ein bisschen reden. Das stört mich nicht, ich kann ungehindert meine Arbeit tun. Wenn jemand zum Einkaufen kommt, bricht sie mitten im Satz ab und beobachtet die Szene, darauf wartend, dass sie ihren Gesprächsfaden wieder aufnehmen kann.

*

Viele Fahrradfahrer kommen vorbei.
„Wir sind aus Görlitz, da kommen wir her, sind in Tübingen gestartet über den Schwarzwald rüber, um den See rum, jetzt geht's wieder zurück, nu. War scheen, ham Glück gehabt mit'm Wetter. Wir sind Dachgäber, hamse schon mal was davon gehört? Wir gäbn Leuten Unterkunft, die nach Görlitz kommen und dürfen dafür bei anderen Leuten kostenlos wohn. Da gibz jeds Jahr n Katalooch, müssnse mal gugeln… im Internet www.Dachgäber.de."
Ein paar Kirschen und schon sind sie weiter in ihrer behelmten Fahrradfahrerkluft im Partnerlook, schwarz-rot.
Die Idee ist gut. Warum eigentlich nicht mal die Wohnungen tauschen? Kurz mal in das Leben anderer eintauchen und selbst etwas von seinem eigenen Leben preisgeben und andere daran teilhaben lassen? Nicht in seinen Gewohnheiten erstarren, damit man anpassungsfähig und flexibel bleibt. Neugierig und lernbereit sein, das bereichert das Leben und öffnet den Horizont.

❊

Da hält eine Großmutter, sie braucht ein paar Himbeeren.
„Wissen Sie, es ist so schlimm für unseren Enkel. Seine anderen Großeltern in Paderborn sind beide innerhalb kurzer Zeit gestorben, als er bei ihnen in den Ferien war. Alles hat er für sie gemacht: morgens den Kaffee gekocht, Frühstück hingestellt, den Rasen gemäht, wenn er in den Ferien dort war. Er hat sie so geliebt."

„Solch gute Großeltern sind ganz wichtig im Leben der Enkelkinder. Wie alt ist er denn, Ihr Enkel?“
„Zwanzig, ein so lieber Kerl. Sein Vater, also mein Schwiegersohn, auch er hat nichts bekommen und die waren so wohlhabend mit großem Gelände rings ums Haus. Und was eben das Ärgste ist: Mein Enkel hat von allem nichts gekriegt. Da ist was gelaufen in Paderborn, wir wissen nur nicht, was. Wir haben keinen Kontakt mehr zu denen. Alles hat er für sie gemacht und der andere Enkel, der sich nie um sie gekümmert hat, der hat nun alles geerbt. Ich kann es gar nicht fassen, das tut so weh, das ist so furchtbar ungerecht, das tut mir so leid für den Jungen… Ich nehm’ jetzt ein paar Himbeeren mit für ihn, die mag er so gerne.“
Sie würde gerne noch lange weiter über die Ungerechtigkeit der Großeltern lamentieren, aber ihr Mann sitzt im Auto und wischt sich mit dem Taschentuch die nassgeschwitzte Stirn ab, er ist ungeduldig.
Deshalb ist es ganz wichtig, dass man sich zu Lebzeiten an einen Tisch setzt und die letzten Dinge regelt, so dass alle zufrieden sind, wenn man dann einmal nicht mehr da ist.

*

Schon kommt die Chefin mit Nachschub herangebraust, sie ist seit morgens um fünf auf den Beinen, steht unter Strom in der Obst- und Rosenzeit.
Mehrere Stände hat sie zu versorgen, allein die Logistik ist ein Tagesprogramm. Nebenbei sind die Erdbeerfelder geöffnet zum Selberpflücken. Dorthin gehen dann die Eltern und nehmen natürlich die Kinder

mit, damit die Kleinen sich an den saftigen Früchten endlich einmal so richtig satt essen können.

„Wie läuft's?"

„Noch nicht viel los, heute morgen, die Leute sind heute irgendwie schlecht drauf!"

Schon wahr, der Spaß hält sich in Grenzen. Als Mensch wird man von der Kundschaft selten wahrgenommen, man ist Verkäuferin und als solche muss man damit rechnen, geringschätzig behandelt zu werden, eben wie jemand, der einen minderwertigen Dienst zu erbringen hat.

Vielleicht ist das vielen Kunden nicht bewusst, vielleicht haben sie einfach nur das richtige Benehmen nicht gelernt. Müsste eigentlich in der Schule als Unterrichtsfach eingeführt werden: Wie kauft man ein, wie geht man mit einer Verkäuferin um. Im Fremdsprachenunterricht ließ ich die Kinder diese Szene spielen, aber nur, damit sie dabei die gelernten Sätze anwenden konnten. Immerhin waren sie freundliche Kunden, sie haben mit Anstand gefragt und sich höflich bedankt und sich nett verabschiedet. Es ging nicht darum, ihnen beizubringen, dass man Verkäuferinnen wie Menschen behandelt, ich konnte mir schlicht nicht vorstellen, dass das nötig sei. Jetzt denke ich, man sollte die Szene auch im Deutschunterricht auf den Lehrplan setzen, nicht um die „Sprachbeherrschung" zu trainieren sondern als Lebenshilfe mit dem Lernziel „Umgangsformen beim Einkaufen"!

Oh nein, nicht alle Kunden sind höflich und charmant. Ich bin eine freundliche Verkäuferin, das kann ich mir leisten, denn ich mache das nicht ein Leben lang und nur in der Sommersaison. Ich bewundere die Damen an den Kassen der Supermärkte, die angehalten sind, jahraus jahrein frohgelaunt der Kundschaft einen guten Tag zu wünschen. Wertschätzung werden auch sie nicht immer zu verspüren bekommen.

Wenn ich den Anschein erwecke, abgelenkt zu sein, bedienen sich die Leute aus den verschiedenen Schalen, die allesamt zum Verkauf gewogen sind, schichten die größten Beeren auf ihre eigene volle Schale, obwohl fast kein Platz mehr dafür ist, als ob ich das nicht bemerkte. Ich lasse mich ungern beklauen. Meine Schalen sind immer großzügig gefüllt! Und wenn jemand die Beeren probieren will, dann kann er mich fragen.

An meinem Stand kommt keiner zu kurz!

In den Kaufhäusern wird von den ehrlichen Kunden der Preis verlangt, in dem die Verluste durch die gestohlenen Waren mit eingerechnet sind. Die Kosten werden umgelegt und der Preis der Ware steigt, oftmals wird dabei unmerklich das Gewicht des Inhalts verringert. Soll ich es genau so machen?

Ich gebe gerne, wenn ich sehe, dass Freigiebigkeit nicht erwartet wird. Dann wirkt sie sogar ansteckend. Nicht ärgern, rede ich mir gut zu, freundlich sein.

Wenn ich beim Verpacken eine oder zwei Beeren aus einem bereitgestellten Schälchen dazu gebe, erinnern sich die Kunden plötzlich daran, dass sie bei dieser Gelegenheit ja auch noch Brot, Salat, Käse oder Wurst einkaufen könnten. Sie lassen sich dann Zeit, schauen sich um und finden sich geneigt, noch etwas mitzunehmen. Es gibt Kunden, die dann auch bei der Abrechnung großzügig aufrunden, so dass ich ihnen wiederum einen Apfel dazulege.

Wie sagt Kollegin Valentina aus Oberschlesien, die schon seit über 20 Jahren „bei Chefin“ arbeitet und mit ihren 76 Jahren noch nicht aufhören mag? „Wie hat meine Mutter mich gelehrt? Musst Du dazutun, dann kommt zurigg!“

Äpfel darf ich verschenken, sagt die Chefin, wenn ich denke, dass es angebracht ist.

Noch habe ich kein Muster herausgefunden, nach dem ich die Menschen einordnen könnte. Ich sehe nicht tief in sie hinein, mein Eindruck bleibt an der Oberfläche, am Zuckerguss, an der Lackschicht, an den Äußerlichkeiten hängen. Was sich darunter verbirgt, ist ein geheimnisvoller Kosmos von Erfahrungen, Gedanken und Beziehungsgeflechten, die mir verschlossen bleiben. Manch einer kommt mit mürrischem Gesicht zerknittert aus seinem Auto und heitert plötzlich auf wie ein Sommerhimmel nach einem Gewitter.

Manche plaudern unverbindlich und ich weiß, ich sehe sie niemals wieder.

Manche geben mit wenigen Worten schlaglichtartig Einblick in ihre augenblickliche Lebenslage, wie wenn mit einer Taschenlampe punktförmig ein dunkler Garten ausgeleuchtet wird.

So birgt jedes Auto neue Gesichter, neue Erfahrungen, neue Überraschungen.

Jeder Mensch ist ein neues Erlebnis.

❊

„Zweimal Erdbeeren und einmal Äpfel, machmer 5 Euro!“

„Oh nein, das geht nicht, ich kann mit dem Preis nicht heruntergehen. Ich weiß schon, in der Türkei gehört das Handeln dazu…"
„Ich nix Türke, ich Kurde…"
Ach ja, Kurde? Ich erinnere mich an die erste Türkenfrau in den 1970er Jahren in unserem Dorf. Seykenen, wie oft hat sie mich in ihre Heimat nach Anatolien eingeladen! ‚Du gutt Frau, du kommen zu mir, du mich besuchen mit Deine Mann und alle, alle Kind. Ich Dir zeigen Diyarbakir, viel Wasser, blaue Wasser, Du baden, scheen Wasser, viel Brunnen, scheene Stadt Diyarbakir.' Mit fünf Kindern nach Anatolien aufs Land zu Seykenen, das haben wir nie geschafft. Aber ich muss oft an sie denken. Als ich nach vier Jungen wieder schwanger wurde, empfahl sie mir: ‚Du! Wenn Mädele, du wegmachen.'
Und: ‚Türkisch Mann niggsgutt, immer slagen, immer slagen Frau.'
Und auch: ‚Du! Mann absneiden, absneiden!' Mit zwei Armen, als hätte sie eine Riesengrasschere in der Hand.
Und: ‚Türkisch Leut niggsosauber. Kurdisch Frau immer baden und saubermachen, wenn bei Mann slafen… Türkisch Frau niggs machen.'
Meine liebe Seykenen. Jahre nachdem sie mit ihrer Familie aus dem Dorf weggezogen war, traf ich sie anlässlich eines Besuches im Krankenhaus auf dem Gang, sie war alt geworden und mager und die Krankheit hatte sie gezeichnet.
Die Freude war groß beim Wiedersehen: „Du gehen mit mir nach Diyarbakir." Aber es wurde nie etwas daraus. Wie gerne möchte ich doch einmal dahin!

„Ach! Was! Kurde? Woher kommen Sie denn?"
„Aus Kurdistan!"
„Ist das denn ein eigener Staat, das gehört doch schon zur Türkei. Ich kannte jemanden aus Diyarbakir..."
Seine Augen fangen an zu leuchten: „Jaja, das ist Hauptstadt von Kurdistan, Kurden ieberall: in Türkei, Iran, Syrien und Irak."
„Die Kurden haben viel mitgemacht, Saddam Hussein hat doch damals so viele mit seinem Giftgas getötet."
„5000!"
„Und dann Assad in Syrien!"
„Das war nix Assad, Assad keine slechte Mann. Giftgas war von Türkei und Amerika, haben Al Kaida Giftgas gegeben. Al Kaida auf die ganze Welt, ieberall Fanatismus!"
„Ich versteh das ja nicht, es sind doch alle Moslems, Allah will doch nicht, dass man seine Brüder tötet, warum bringt man sich gegenseitig um?"
„Sind Schiiten, Aleviten, Sunniten, gibt Krieg gegeneinander. Und Türken nix gutt. Frieher Kurden genommen, in Auto geschmissen und henk uff – mit beiden Händen zieht er seinen Kopf nach oben – heut niggs mehr, aber frieher."
Inzwischen hat er bezahlt und wendet sich zum Gehen. Er steigt in sein Auto und ruft. Es klingt wie ein Schlachtruf: „Wenn Öcalan frei, dann alles gutt!"

*

Es gibt da noch die ganz kritischen Kunden, sie heben einzelne Beeren an, führen sie gar noch zur Nase, um daran zu riechen, drehen und wenden mit spitzen Fingern die empfindlichen Beeren, schütteln das ganze Schälchen, vor lauter Angst, es könne sich eine schlechte Frucht darin befinden.

Dann wird die Schale abgestellt und die Nachbarschale genommen, es wird genörgelt über den Preis, über die Qualität.

Oder es werden Beeren ausgetauscht, besonders schöne werden ins „eigene" Schälchen gepackt, dafür müssen kleinere, weniger attraktive ins andere hinüber.

„Entschuldigen Sie, bitte tun Sie das nicht. Ich weiß nicht, ob es Ihnen Recht wäre, wenn zuvor schon andere Ihre Beeren angefasst hätten."

Der Blick spricht Bände, sie antwortet nicht, vielleicht kommt die Frau nie wieder.

Wer weiß, welch unangenehme Erfahrung die Kunden gemacht haben, es ist nun einmal so, dass Beeren zuunterst in den Körben und Schalen zu faulen beginnen. Dann sieht von oben alles frisch und gesund aus, während unten am Boden die ersten vor sich hin schimmeln. Denn auf dem Feld werden sie in kürzester Zeit gepflückt, wie sie am Strauch hängen, manchmal schon überreif je nach Witterung.

Ich verkaufe keine Schale, ohne sie vorher überprüft zu haben.

⁂

Hoppla, die Dame im besten Alter, so um die 40, sprüht vor Energie. Apart elegant gekleidet, dezent geschminkt, wie aus dem Ei gepellt. Da passt alles zueinander, so jemand hat gewiss Erfolg im Leben.

„Ich brauche zwei schöne Rosensträuße, für zwei Kunden. Ich mache heute zwei Gewinnausschüttungen. Was meinen Sie, wie die sich freuen. Die Leute legen Geld bei mir an und ich investiere das mit 20 % Rendite. Da kommt richtig bombensicher dabei was rüber. Ich kaufe Start-Ups auf und wenn die dann so richtig florieren, verkaufe ich sie wieder mit einem schönen Gewinn nach Amerika. Hier, nehmen Sie meine Karte und überlegen Sie sich's mal. Sie können dabei nichts falsch machen. Ich komm dann in nächster Zeit nochmals vorbei und wenn Sie Fragen haben, können Sie mich gerne anrufen."
Und schon ist sie in ihrer schwarzen Luxuskarosse davon gebraust.
Katja Konjazky, International Investment Consulting…
So was ist nichts für mich, scheint mir doch riskant und ein bisschen zu undurchsichtig, ich bevorzuge konservative Geldanlagen. Wir investieren, was wir können, ins Studium unserer Kinder. Wie groß die Rendite ist, wissen wir allerdings nicht, wir sind aber ebenso zuversichtlich.

*

„Ich bin extra hierher einen Umweg gefahren, ich muss Ihnen was sagen!"
Das Gesicht des Mannes kommt mir nicht bekannt vor, aber wie soll ich mir die Gesichter der Menschen genauer anschauen, wenn ich am Abwiegen und Einpacken bin. Ich habe auch kein fotografisches Gedächtnis und wenn die Kunden beim nächsten Besuch anders gekleidet sind, habe ich Mühe, sie wieder zu erkennen.

„Ich war letzte Woche bei Ihnen zusammen mit meiner Frau und ich möchte Ihnen nur einfach danken!"
„Das freut mich, bitteschön. Aber wofür denn?"
„Meiner Frau hat der Einkauf bei Ihnen so gut getan! Sie war danach wie ausgewechselt! Es ging ihr plötzlich wieder gut! Sie war wochenlang so depressiv und nach dem Besuch an Ihrem Stand hat sie sich so wohl gefühlt, wie seit langem nicht mehr! Das wollte ich Ihnen nur sagen und mich nochmals herzlich bedanken!"
Ich habe keine Zeit, irgendeine Antwort darauf zu geben, denn der Mann springt schon wieder fort zu seinem Wagen. Sicher war seine Frau schon vor dem Besuch an meinem Stand auf dem Weg der Besserung, sonst wäre sie erst gar nicht ausgestiegen.
Vielleicht hat ihr das farbenprächtige Bild von meinem Stand gut gefallen und hat der Duft der Erdbeeren ihre Lebensgeister geweckt...

⁂

Die Chefin bringt mit der Kollegin frische Beeren direkt vom Feld, wir bauen die Steigen auf dem Schubkarren auf, der einladend neben dem Eingangstor steht.
„Oh, die sehen aber schon ein bisschen lädiert aus...", die Fingernägel der Dame haben neuestes Design, dazu farblich passend baumelt ein riesiger Türkis in Silber gefasst im offenen Ausschnitt, weiße Hose, weißes Top, und hennarotes Haar, das glänzend über die Schultern fällt.
„Was???" die Chefin kann ihr Temperament nicht bremsen. „Was??? Lädiert??? Dann kommen Sie mal aufs Feld und schauen Sie, wie es da aussieht, bei 30 Grad im Schatten! Bei dieser Hitze *können* Erdbeeren

gar nicht anders aussehen, bei dieser Hitze reifen sie nicht nur, bei dieser Hitze *braten* sie…"
Die Frau antwortet nicht darauf, sie wendet sich indigniert ab und lässt sich von mir bedienen, sie geht mit beleidigter Miene.
„Das ist auch so eine, die mit ihren Stöcken wie eine Ente durch die Natur watschelt, damit sie schlank bleibt," raunt mir die Kollegin zu.
„Diese Sorte kann ich ja nicht mehr sehen. Die sollten mal zu uns aufs Feld kommen, da hätten sie Bewegung und Kontakt mit der Natur. Die Mutter der Chefin ist über neunzig und krabbelt auf dem Feld herum, weil wir zu wenig Leute haben. Niemand will die Arbeit machen, alle wollen sie nur das Schönste, das Beste, aber die Arbeit will niemand tun."
„Diese Rosen da," ruft die Chefin, „die müssen sie verschenken, und füllen Sie große Körbe ab und senken Sie den Preis, die Beeren müssen weg!"

⁕

Beide steigen ins Auto und sind schon verschwunden.
Mit den Beeren kommt die Einkochzeit, wir verkaufen auch selbstgemachte Marmelade. Zuhause auf dem Rosenhof werden riesige Mengen Beeren eingekocht, drei Frauen stehen dann bei hochsommerlichen Temperaturen schwitzend halbe Nächte lang vor dem glühenden Herd.
Ein junges Mädchen fragt danach, aber noch haben wir keine diesjährige Marmelade am Stand.
„Kochen Sie doch selber mal ein, das wär' doch was? Hier, wir haben wunderschöne Erdbeeren."

„Nein, bei mir wird die Marmelade immer so grau."
„Vielleicht geben Sie mal ein paar Tropfen Zitronensaft dazu?"
„Was meinst Du, soll ich?" Der Freund steht wartend neben dran.
„Nein, nein, das wird ja doch nichts," rät er ihr, und zu mir: „Wir warten lieber, bis Ihre Marmelade fertig ist, die ist die beste!"

⁜

Da steigt ein graumelierter Herr aus seinem Auto, das Handy am Ohr lauscht er interessiert seinem Gesprächspartner. Er selbst kommt kaum zu Wort, „Hm, ja ja, doch, das ist mir schon auch ganz wichtig," gelingt es ihm, zwischendurch einmal anzubringen. In Gedanken versunken geht er vor meinem Stand auf und ab. Den Motor hat er abgestellt, so als könne das Gespräch länger dauern.
Plötzlich bricht es aus ihm heraus: „Private Equity, was ist denn das schon wieder, können Sie nicht ein deutsches Wort dafür verwenden? Deutsch ist meine Muttersprache, hier ist meine Heimat. Ich verstehe nicht, warum immer alles in Englisch sein muss. Ich finde es fürchterlich, wie sehr unsere Muttersprache durchsetzt ist von diesem Denglisch. Jetzt reden Sie mal Deutsch! Ja natürlich stehen wir mitten drin in diesem Prozess, das ist klar, aber man kann doch etwas dagegen tun, schauen Sie mal die Franzosen an, wie die sich gegen die englischen Einflüsse wehren! Also, meine E-Mail Adresse brauchen Sie," und er buchstabiert seine Daten ins Telefon. „Ist O.K. Sie schicken mir dann alles per E-Mail zu. Gut! O.K."

O.K., dazu könnte ich Ihnen ja etwas erzählen: Je mehr eine Sprache bereit ist, fremde Begriffe zu integrieren, je wandlungsfähiger sie also ist, desto überlebensfähiger wird sie sein, das hat die Sprachgeschichte gezeigt, denke ich. Ich sage: „O.K! Was darf's denn sein?"
O.K. Private Equity, das muss nicht sein, denke ich, keiner weiß, was das bedeutet. O.K. man liebt seine Muttersprache. Man braucht keine englischen Ausdrücke, wenn es dafür ein deutsches Wort gibt. Kein „SALE", kein „CAR WASH", keine „NOODLES AND MORE", aber warum soll ich nicht gugeln zum Beispiel, das ist inzwischen doch ein schönes deutsches Wort geworden, ich gugle, Du gugelst, er gugelt… Auch das ‚Handy' ist inzwischen in den deutschen Sprachschatz aufgenommen worden. Das war zwar niemals ein englisches Wort, hört sich aber kurz und bündig an und passt, niemand wird von einem tragbaren Telefon sprechen, nur die Schreibweise müsste noch eingedeutscht werden: das ‚Händi' sieht jedoch mit dem y nicht so bieder und ohne die Ä-Tüpfelchen etwas eleganter aus.
Englisch-lautende Begriffe finden sich oft in der Werbung, damit ist man „up-to-date" und will seine Modernität und Weltläufigkeit beweisen. Den Kenner der englischen Sprache muten diese Wortschöpfungen, weil sie von Deutschen zusammengebastelt worden sind und somit für englische Muttersprachler gar keinen Sinn ergeben, eher lächerlich an. Soll man wie die Académie Française regelmäßig irgendwelche Listen herausgeben, in denen die Anglizismen durch muttersprachliche Ausdrücke ersetzt werden? Das klappt auch nicht immer, denn trotzdem sagen alle Franzosen

‚weekend' zum Wochenende. Durch Reglementierung kann man nur bedingt die Sprachentwicklung beeinflussen. Im 18. Jahrhundert war Französisch die Sprache der Gebildeten und der Wissenschaft, das Deutsche ist deshalb auch nicht ausgestorben.
„Immer dieses Englisch," ereifert sich der Mann und wendet sich nun an mich. „Wir sind in Deutschland und wir reden hier deutsch! Ich rufe jeden Betrieb an, der keinen Wert auf die deutsche Sprache legt und beschwere mich. Angefangen von der Deutschen Bahn, über die Modehäuser, Autohäuser, Möbelhäuser, ich rufe alle an, schaun Sie sich mal um, bald wird nirgends mehr deutsch gesprochen! Jeden Tag telefoniere ich herum, man muss die Leute sensibilisieren! Das hat nichts zu tun mit Deutschtümelei und brauner Denkungsart, wie mir das oft unterstellt wird, das ist ganz einfach Liebe zur Sprache!"
„Ja ja, ist gut und recht, aber in unserer globalisierten Gesellschaft ist es schon wichtig, dass man miteinander reden kann."
„Scheiß drauf, auf die Globalisierung!"

*

Ein Ehepaar schaut herein.
Er kann keine Erdbeeren vertragen wegen seiner Allergie gegen alle Birkengewächse, auch Äpfel und Zwetschgen verträgt er nicht, neuerdings reagiert er sogar allergisch auf Karotten. Alles das erst im Alter, als er jung war, konnte er alles essen.
„Gerade Gemüse und Obst sind so wichtig und gesund!" sage ich.

So viel ich weiß, gehören Erdbeeren zu der Familie der Rosengewächse und nicht zu den Birken. Karotten zu den Doldenblütlern. Der Apfel als Kernobst und auch die Zwetschge ebenfalls zu den Rosengewächsen...egal.

Tatsache ist, dass viele Menschen auf Obst verzichten müssen, weil sie allergisch reagieren. Sie bekommen dann einen pelzigen Mund und verspüren solch eine Enge in der Luftröhre, dass sie meinen, ersticken zu müssen. Allergien bedeuten eine erhebliche Einschränkung der Lebensqualität. Niemand weiß, warum Alt und Jung in den letzten paar Jahren plötzlich darunter zu leiden haben. Chemie wird es wohl sein, der schon das Kleinkind ausgesetzt ist.

Fast alle, die gegen Obst allergisch sind, behaupten auch, den Grund zu kennen: Der Bauer spritzt zu viel. Sie sagen, bei ungespritztem Obst reagierten sie nicht. Das müsste doch tatsächlich einmal großflächig untersucht werden.

Ungespritztes Obst lässt sich aber nicht verkaufen! Es ist fleckig vom Schorf und es würde den Winter nicht erleben, es würde einfach schneller faulen. Knackig und saftig, rotwangig und makellos müssen die Äpfel sein, glänzend und ohne Fehler einer wie der andere, wie Christbaumkugeln.

Weiche Äpfel dagegen taugen höchstens zu Kompott oder fürs Altenheim.

Wehe, der Hagel hat einen kleinen rauen Fleck hinterlassen oder ein Schörflein verunziert die glatte Haut!

Die Kisten stehen nebeneinander, links gespritzt und rechts ungespritzt, niemand kauft Äpfel, die Macken haben.

Da werden die Bauern nie aufhören zu spritzen, sage ich mir… es bestimmt der Verbraucher, was auf den Markt kommt und somit auch, was auf den Feldern gespritzt wird!
Die Auswahl an Apfelsorten ist nahezu unbegrenzt und einem dauernden Wandel unterworfen, denn der Geschmack der Kundschaft geht mit der Mode. Alljährlich werden die „richtigen" Sorten auf dem Markt erwartet, nur die: Topaz und Fuji, Gala oder Rubinette, und Elstar und Jonagold, die Klassiker.
Aber von Zeit zu Zeit entwickelt sich eine andere Vorliebe, und die Plantagen werden gerodet und mit den modernen Sorten neu bepflanzt.
Es gibt vereinzelt Kunden, die nach den alten Sorten ihrer Kindheit fragen, nach Berlepsch, Goldparmäne, Wiltshire, aber nur der Boskoop wird noch angebaut. Da stand damals ein Gravensteinerbaum in Omas Garten, das war einfach der beste!
Es ist Juni, unsere Äpfel sind vom letzten Herbst, sie haben im Lager bei einer Temperatur von 4° überwintert, ihre dicke Schale ist von einer natürlichen Wachsschicht überzogen, mit deren Hilfe sie sich vor dem Austrocknen schützen. Trotzdem verdunstet immer ein gewisser Anteil des Saftes, die Äpfel verlieren auch an Geschmack, zugegeben. Wenn sie im Frühjahr aus dem Lager kommen, altern sie schnell, werden nach kurzer Zeit mehlig und weich. Die grünen Granny Smith aus Australien hingegen, die es nun überall in den Supermärkten zu kaufen gibt, sind knackig frisch und säuerlich, dafür aber unreif geerntet und Tausende Kilometer weit über das Meer transportiert auf riesigen Containerschiffen mit einer eher schlechten CO_2-Bilanz.

Hätte der Mensch nicht Mittel und Wege gefunden, wären Mai, Juni und Juli zumindest in unseren Breiten apfellose Monate, dafür aber deckt die Natur den Tisch mit vielen anderen herrlichen Früchten.

*

Der ältere Herr und die junge Dame, beide schicklich und unauffällig gekleidet, bringen mir etwas zum Lesen.

Wenn ich mal Zeit hätte, könne ich das ja mal durchblättern und ob ich mir schon einmal Gedanken gemacht darüber hätte, wer all das Böse in unsere Welt brächte.

„Die Menschen," sage ich, „das sind die Menschen mit ihrem Hass, ihrer Habgier und ihrem Neid."

Die beiden scheinen aber nicht überzeugt zu sein. Das Böse sei durch Gottes Widersacher, den Teufel, in die Welt gekommen.

„Der Teufel, der Gehörnte, der Beelzebub, der böse Feind!" gebe ich heraus. „Das sind Bilder, Symbole, nichts anderes als Umschreibungen für all die Abscheulichkeiten, mit denen sich die Menschen gegenseitig das Leben schwer machen, für Mord und Totschlag, Lug und Trug..." Die beiden kommen gar nicht mehr zu Wort.

Ein Auto hält an, neue Kundschaft. Es ist keine Zeit zum Reden.

Ich solle das ruhig einmal lesen: ‚Wachtturm' und ‚Erwachet' lassen sie mir neben der Waage liegen.

*

Der Motor bleibt an, die Autotür lässt man offen stehen und springt schnell herbei.:
„Sind die Erdbeeren gut?“
„Sehr gut!“
„Muss man sie waschen?“
„Sie liegen im Feld auf dickem Stroh und sind eigentlich sauber, aber da vorne ist der Brunnen, frisches Quellwasser.“
„Meine Frau ist schwanger, da muss sie gut essen!“
„Ah, das ist schön! Im wievielten Monat ist sie denn?“
„In der vierten Woche.“
Ein werdender Vater der jungen Generation, der von seiner neuen Lebensaufgabe ganz überwältigt ist! Bis in acht Monaten nimmt bestimmt auch er einige Kilos zu, das nenne ich Solidarität. Die Forscher sprechen von Co-Schwangerschaft. Und ich dachte, der werdende Vater sei schon auf dem Weg in den Kreißsaal. Ich freue mich mit ihm über das neue Leben und wünsche ihm alles Gute für die kommenden Monate und eine glückliche Geburt.

*

Die Kunden warten meistens geduldig, aber der Parkplatz wird zum Verkehrshindernis, wenn mehr als drei Autos anhalten. Dann haben die Fahrradfahrer keinen Platz und maulen lauthals, wenn der Weg versperrt ist. Radfahrer sind manchmal rechte Rüpel, jedenfalls fluchen und schimpfen sie ungeniert drauflos. Autofahrer können genauso aggressiv sein, man hört sie durch die geschlossenen Scheiben zwar nicht schreien, aber man sieht ihre wutverzerrten Gesichter.

Warum müssen die Menschen einander so gehässig begegnen?
Das wird wohl wieder der Föhn sein, der seit gestern von den Alpen über den See herüber bläst und mit seinem flirrenden Gelichter die Sinne verwirrt. Viele klagen über Kopfschmerzen. Manche sind aufgekratzt und aufgedreht, manche werden eben aggressiv. Das muss der Föhn sein.

*

Da kommt Claudias Mutter und erzählt voller Stolz von ihrer Tochter, die inzwischen ein Chemiestudium samt Doktorat gemeistert hat, die nun mit ihrer Familie in Amerika lebt, und zwei herzige Kinder großzieht.
In Französisch war Claudia nie eine auffallend gute Schülerin gewesen, aber was heißt das schon? Das Leben setzt definitiv andere Prioritäten als die Schule! Claudia lässt Grüße ausrichten, sie ist zur Zeit auf Urlaub hier, ist aber stark erkältet.
Ihre Kinder kommen des Öfteren allein, um Erdbeeren zu kaufen. Sie sprechen englisch und der Große sagt zu seiner Schwester, dass er schon mal vorgehe mit seinem Freund und sie solle dann nachkommen, denn es sei ja nicht weit bis zur Oma.
„Hallo, Luisa, geht's Deiner Mama wieder besser?"
„Woher weißt Du, wie ich heiße?"
„Dein großer Bruder hat Dich doch eben so genannt."
„Bist Du einmal eine Lehrerin gewesen?"
„Ja, ich war einmal die Lehrerin von Deiner Mama, sag ihr viele Grüße und eine gute Besserung…"

Das kleine Mädchen schaut mich mit großen Augen an. Und was ist nun draus geworden – ein Obststand, jawoll!

❊

Wieder kommt das kleine Auto vorgefahren. Die Frau will nicht einkaufen, nur ein bisschen dabei sein, den Leuten zusehen. Ein bisschen reden. An den Rosen riechen, doch, manchmal gönnt sie sich eine Blume. Nach der Wende kam sie rüber in den Westen, aber es ist hier auch nicht alles Gold, was glänzt. An mehreren Orten hat sie versucht, sich niederzulassen, noch immer hat sie kein Zuhause. Die Menschen sind so anders hier und wirkliche Aufnahme hat sie nirgends gefunden.

❊

„Sach mal, findest Du mich eigentlich hübsch?"
„Also, Olli, Du hast vielleicht Sorgen!"
„Hab ich nicht zu lange Beine und einen zu fetten Bauch?"
„Nun hör mal, schlank wie Du bist, siehst Du aus wie ein gemachter Mann in Deiner neuen Lederjacke."
„Soll ich Dir mal was verraten? Ich steh' auf Leder. Ne Domina in Leder, da erkennst mich nicht mehr wieder. Aber so'n alten Mann wie mich will doch keine mehr. Ich weiß ja nicht mal, ob ich überhaupt noch einen hoch kriege. – Hier, das muss-ste mal lesen! Da stellt ein Franzose die These auf, dass das Leben auf der Erde durch Staubpartikel aus dem Weltall entstanden sei. Voraussetzung war allerdings das Vorhandensein

einer irdischen Atmosphäre und auch von Wasser, das dann quasi vom Sternenstaub befruchtet und geimpft wurde, was ein Vorstadium unseres Lebens ermöglicht hätte. Das Ganze spielte sich natürlich über riesige Zeiträume ab, in denen sich allmählich in Milliarden von Jahren über viele Zwischenformen das Leben in der jetzigen Form herangebildet hat."

„Und sozusagen als Krönung der Schöpfung kam dann der Mensch mit seiner Vernunft, seinem Wissen und seiner Erkenntnis des absolut Wahren und Guten?"

„Watt soll denn dat?!!" Olli ist hell entsetzt. „Die Evolution kennt nicht eine Verbesserung oder Fortentwicklung oder wie immer Du das nennen magst. Die schert sich nicht um „das Gute". Der Evolutionsprozess an sich ist nicht zielgerichtet. Die natürliche Selektion verfolgt keinen Zweck. Jetzt bemüh' Dich doch bitte erst mal um objektives und wertfreies Denken. Wissenschaftliches Denken ist wertfrei, da geht es nicht um gut oder böse, das sind Milchmädchenrechnungen… Die Natur ist eine unglaubliche Verschwenderin von Lebensenergie, der ist es egal, wer krepiert. Hauptsache, die Fittesten kommen durch und geben ihre Gene weiter. Tod und Schmerz und Schrecken – all das lässt die Natur kalt. Und der einzige Sinn des Lebens besteht darin, durch Anpassung das Überleben der Art zu sichern. Siehste, und wenn Du es genau betrachtest, bin ich eine evolutionäre Sackgasse, weil ich keine Kinder gezeugt habe."

„Dann wäre nach Deiner Definition jedes Leben sinnlos, das seinen Samen nicht verbreitet hat, das ist doch Quatsch, Olli! Und wo bleiben die Werte wie Solidarität oder die Achtung vor dem Leben der

Mitgeschöpfe? Wo bleibt der Begriff der Tugend und letzten Endes, wo bleibt ein liebender Gott?"
„Tja, das sind Kategorien, die Du mit den Philosophen oder mit den Theologen diskutieren musst. Aber den evolutionären Prozess kannst Du nicht spiritualisieren... das ist ein rein materieller Automatismus, der sehr gut ohne Moral und auch ohne Gott auskommt. Bah, seit gestern kratzt es mich im Hals, ich hab' schon seit vorgestern Abend so ein komisches Gefühl im Hals, muss ich jetzt sterben?"
„Trink' mal einen heißen Salbeitee, wirst sehen, das tut Dir gut. Und nachts wickelst Du Dir einen warmen Schal um den Hals."
„Du weißt ja, dass das Erbgut des Menschen von dem des Schimpansen sich um nicht mal 5 Prozent unterscheidet. Es wird wohl eine der größten Herausforderungen für Ethologen und Evolutionsbiologen sein, herauszufinden, welche Mechanismen letztlich den Schimpansen stammesgeschichtlich vom Menschen getrennt haben."
„Mit anderen Worten: Wann, wie und warum sind die Affen von den Bäumen gestiegen? Ist das die Frage, die den Sinn des Menschseins beantwortet?"
„So weit ist der Mensch nicht vom Tier entfernt, das muss-ste einfach mal ganz klar sehen!"
„Da hast Du Recht. Die Welt ist ein Tiergarten, in dem es kreucht und fleucht. Dabei ist aber immer noch der Mensch die grausamste Kreatur. Der Mensch ist wohl das einzige Lebewesen, das es schaffen könnte, die eigene Art auszulöschen. Na, eines tröstet mich, wenigstens etwas unterscheidet den Menschen vom Schimpansen..."

„Und was ist das Deiner Meinung nach?“
„Spiritualität, Religion und Kunst.“
„Oho, da wäre ich lieber vorsichtig, das ist wieder mal so ein typisch anthropozentrisches Denken. Was wissen wir denn schon über das Bewusstsein eines Schimpansen, oder eines Elefanten, oder einer Schnecke? Oh, schau mal, wer da kommt!“ Olli schnalzt genüsslich mit der Zunge.
Ihr heller Teint schimmert wie Elfenbein, von der Sonne leicht getönt. Die fülligen Ringellöckchen funkeln in goldenem Braun und springen wie eine seilhüpfende Kinderschar munter durcheinander, wenn sie den Kopf schüttelt. Das tut sie ausgiebig. Die kleine Stuppsnase zeigt himmelwärts und wenn die vollen, geschwungenen Lippen ein Lächeln verschenken, stehen in ihren Mundwinkeln zwei lustige Grübchen. Sie spricht mit leiser Stimme und zurückhaltend, mit lasziver Eleganz und kühler Nonchalance. Olli lauscht begehrlich ihren Worten und versinkt förmlich im dunklen, geheimnisvollen und vielversprechenden Sog ihrer Augen. An diesem heißen Tag in trägerlosem, bauchfreiem Top, eine süß duftende Blume, die die Schmetterlinge taumeln macht.
„Na, Olli, das wär doch was gewesen, um Dich aus der evolutionären Sackgasse zu befreien.“
„Haste das nicht bemerkt? Die braucht mich nicht! Außerdem viel zu jung, zu unerfahren für so einen alten Knacker wie mich.“
Ich merke vieles nicht. Wie soll ich merken, was zwischen den anderen Menschen vorgeht, wenn es mir schon schwerfällt, die Dinge zu erkennen, die mich selbst betreffen. Tappse wie eine Blinde durch die

Welt und staune über das, was sich irgendwann einmal als Wirklichkeit herausstellt.
Komplizierte Wirklichkeit, in der Dinge passieren, die ich mir nicht erklären kann, weil mir das Wissen fehlt. Chemie, Physik, Wirtschaft, Politik… bin halt einfach gestrickt, nur ein hilfloser Betrachter ohne Sachverstand. Entscheidungen treffen die Experten, die Spezialisten, die Profis, die Fachleute... Ob ihre Entscheidungen richtig sind, wird sich erst später herausstellen. Aber ich stehe erst mal am Stand und verkaufe Obst.
Ich bin nur eine Beobachterin und lasse das Leben in all seinen Facetten an mir vorüber ziehen… Von den Menschen kenne ich nicht einmal die Namen, ihre Geschichten rühren mich an, ihre Sorgen sind bei mir gut aufgehoben, aber helfen kann ich nicht.
Ich kann mich an ihrem Glück erfreuen, ihre gute Laune genießen und ihre Freundlichkeit annehmen, muss aber auch ihren Missmut, ihre Unlust und ihren Frust ertragen. Nur nichts persönlich nehmen, nichts zu sehr an mich herankommen lassen. Olli beobachtet mit seinem Fernglas die Vögel im Feld, ich erfasse die Menschen an der Straße.

*

Da hält der drahtige Fahrradfahrer wieder, schon Feierabend! Jeden Tag legt er über dreißig Kilometer zu seiner Arbeit mit dem Rad zurück und abends, auf der Heimfahrt, nimmt er seiner Frau ein Schälchen Obst mit zum Dessert. Seinen Beruf kenne ich nicht, er muss sich wohl jeden Morgen vor der Arbeit in seinem Geschäft duschen und umziehen nach so einem Sprint, denke ich, und abends bei der Heimfahrt kommt er erst recht ins Schwitzen! So konsequent muss man erst mal sein.

*

Die beiden Französinnen aus Angers wundern sich über die Tatsache, dass eine deutsche Bäuerin sie in perfektem Französisch bedient!
Woher ich denn so gut Französisch könne?
„Wir haben gute Freunde da…im Burgund. Mein halbes Herz ist immer im Burgund.“ Würden sie es verstehen, wenn ich ihnen sagte, dass ich einmal Französisch studiert habe, oder würden auch sie argwöhnen, was nun daraus geworden ist?
Hier, inmitten meiner Apfelkisten am Bodensee verkörpere ich nämlich den deutschen Bauernstand! Erkläre die Funktionsweise und die Kosten der Hagelnetze, erläutere die chemische Behandlung des Beeren- und Kernobstes und die meteorologischen Bedingungen für einen guten Obstertrag, die Voraussetzungen der Bodenbeschaffenheit für eine gute Spargel- und Kartoffelernte, die Dauer der Rosenblüte und der Erdbeerenzeit… So gut ich eben kann, und nur, wenn ich danach gefragt werde.
Ich bin auf dem Lande aufgewachsen und weiß, was Feldarbeit heißt. Kenne die verschiedenen Kartoffelsorten von mehlig bis festkochend und ihre Krankheiten und Schädlinge. Weiß, dass man Kirschbäume im Sommer schneiden kann, wann die Walnüsse reifen, wie Salat und Gemüse angebaut werden. Auf den

ersten Blick verkörpere nun also ich für die Kunden die Rosenhofbäuerin mit ihrem Hofladen in der alten Garage.
Ich liebe dieses kleine Rollenspiel, wollte immer schon gerne mal raus aus meiner Haut, Standpunkte wechseln und die Scheuklappen ablegen, die meine Sicht auf die Welt begrenzen. Nicht alle Kunden kann ich in der Kürze der Zeit über meine wahre Identität aufklären und sie wollen sie auch gar nicht kennen.
Es ist völlig unerheblich, wer ich bin. Aushilfe, angestellte Verkäuferin, Billiglohnkraft; je authentischer so ein Hofladen, desto besser das Geschäft.
Am liebsten wäre es den Kunden, ich hätte das Steinofenbrot heute Morgen um drei selbst ins Backhäuschen geschoben. Sie sind ein bisschen enttäuscht, wenn sie erfahren, dass es von einem Bäcker stammt, der es – allerdings nach alter Rezeptur – im Steinofen bäckt.
Die Vorstellung eines sich selbst versorgenden, bäuerlichen Kleinbetriebes übt eine ungeheure Faszination auf die Stadtmenschen aus, die die Natur höchstens von ein paar Reisen oder gelegentlichen Wanderungen über die Felder kennen oder von romantischen Bildern in Natur verherrlichenden Hochglanzzeitschriften, auf Menschen mit kleinem Vorgarten und einigen Blumentöpfen. Einen Bauernhof stellen sie sich immer noch vor wie einen Minizoo aus Kühen, Schweinen, freilaufenden Hühnern, Enten und Gänsen und schnurrenden Katzen, mit Gemüsegarten, Obstgarten, Käseküche und Backhäuschen, ein bisschen wie ein Freilichtmuseum. Wer von und mit der Natur leben und sich ernähren muss, weiß, wie viel Arbeitskraft dazu erforderlich ist.

Die Natur kann großzügig und verschwenderisch sein, aber ohne menschliches Zutun und harte Arbeit gibt sie nichts.

Die Arbeit eines Bauern jedoch zählt nicht viel und wird nicht wahrgenommen. Wenn er überleben will, muss er Masse produzieren – und dazu gute Qualität. Die Preise werden von den großen Handelskonzernen bestimmt.

Früher, in meiner Kinderzeit, hing der Räucherspeck das ganze Jahr über in der Speisekammer, heutzutage wird er in Plastik verpackt und ein Mindesthaltbarkeitsdatum aufgedruckt. Ist dieses überschritten, hat niemand mehr Interesse daran, keiner will gerne etwas „Abgelaufenes" essen. Abgelaufene Ware geht umgehend zurück. Die Ware eines Landwirts ist nun einmal größtenteils verderblich, deshalb ist er darauf angewiesen, sie schnellstmöglich loszuwerden. Das macht ihn so verletzlich.

Der Chef hat noch andere Sorgen:

„Vor vierzig Jahren hab' ich mit Erdbeeren angefangen, hab' den ersten Stand an der Straße aufgemacht, habe die Felder zum Selberpflücken geöffnet, jetzt schauen Sie sich mal um, das machen jetzt alle hier. Die haben mir immer alles nachgemacht. Der Rosenverkauf war auch meine Idee. Wenn ein Industriebetrieb irgendetwas Neues entwickelt, dann bleibt das geheim und keiner weiß davon. Wenn aber ein Bauer was Neues macht, sieht das jeder. Die Felder liegen ja offen da, da hat jeder Einblick, da bleibt nichts verborgen und jeder kann alles kopieren und nachmachen." Der Nachbar hat dieses Jahr ebenfalls einen Schirm aufgestellt, dazu noch einen schöneren, einen größeren, einen roten, und das ist nun wirklich allerhand, findet die Kollegin.

„Je nun, das ist sein gutes Recht," sagt die Chefin, „Jeder muss irgendwie überleben!" Dazu munkelt man, der Nachbar wolle einen Teil seiner Scheune in einen Hofladen verwandeln und sein Sortiment erweitern. Es heißt, Konkurrenz belebe das Geschäft, aber wie wird sich die Kundschaft entscheiden?

*

„Sie sind heute Abend auch froh, wenn Sie Feierabend haben!" Der Herr braucht noch etwas zum Vespern, ein Bauernbrot, ein paar Landjäger und einen Käse.
„Ja, nach solchen Tagen wie heute gehe ich abends gerne ins Bett," pflichte ich ihm bei.
„Bei uns wird es heute spät werden. Wir gehen heute Abend auf den Berg da drüben und beobachten die Sternschnuppen, mein Enkel und ich. Hab' ihm zum Geburtstag ein Teleskop geschenkt, damit er ein bisschen Himmelskunde lernen kann. Jetzt hoffe ich nur, dass er bis 2 Uhr wach bleibt, ansonsten müssen wir ihn wecken."
„Die Sterne sind schon faszinierend."
„Stellen Sie sich mal vor, diese unendliche Weite, dieses grandiose Himmelszelt mit den wandernden Sternbildern. Und wir Zwerge, wir Menschen, sind nichts als winzige Punkte in diesem gigantischen Kosmos. Klitzekleine Ministaubkörnchen, jeder Mensch ein Pünktchen, ein Nichts."
„Und nehmen uns alle doch soo wichtig!" gebe ich zu bedenken.
„Wenn man's genau nimmt, sind wir das ja auch, oder etwa nicht?"

Stimmt, Punkte, und seien sie noch so winzig, können je nach dem, wo sie stehen, ganz schön entscheidend sein.
„Macht 8.90, nicht 89.00!"
Und viele kleine Pünktchen ergeben irgendwann einmal eine Linie.

*

Beim Brunnen parkt das kleine Auto wieder ein. Die Frau kommt strahlend auf mich zu, sie hat sich mit einem schönen Buch an den See gesetzt und den herrlichen Tag genossen. Damals in Erfurt, 1989, auf der großen Treppe vor dem Dom, hat sie mit anderen Hunderte Kerzen für die Freiheit angezündet und dafür mit der Stasi Erfahrungen gesammelt. Sie war nie linientreu, sie war Pfarrerin und als solche natürlich von vornherein verdächtig. In den 70-er Jahren hat sie Theologie studiert und ist ordiniert worden. „Das war damals in der DDR auch nicht leicht, und erst recht nicht als Frau," sagt sie.

*

Kritisch mustert eine Kundin meine Auslagen, keine Antwort auf meinen Gruß.
Sie ist auf jeden Fall mindestens so alt wie ich, schätze ich.
Eine Riesensonnenbrille hat sie hoch über die Stirn ins Haar geschoben. Ihre weiße Baumwoll-Sommerhose ist durchsichtig. Bei dieser Hitze ist aber auch jedes Kleidungsstück eine wirklich unnütze Last!

„Ihr habts aber heiße Preise! Tss, tss, tss," sie schüttelt den Kopf. „Ihr habts heiße Preise!"
„Die Preise sind so dieses Jahr – nach diesem schlechten Frühjahr, daran kann ich leider auch nichts ändern."
„Komm, Manne, da gehen wir wieder!"
Kein Gruß, sie dreht sich um, ihr Tanga zeichnet sich als kleines Dreieck über ihrem Steißbein durch die enge Sommerhose ab, die Pobacken wabbeln bei jedem Schritt.
Ab ins Auto und hui….

*

„Sach mal, habt Ihr eigentlich den Wiedehopf da drüben?"
„Olli, da musst Du selbst mal hinhören, ich hab ihn jedenfalls von hier aus noch nie gehört bei dem Straßenlärm, aber die Nachtigall singt unten am Bach von Zeit zu Zeit."
„Upupa epops, der Wiedehopf, ist in der arabischen Überlieferung ein Zaubervogel, ein Glücksbringer, der vor dem bösen Blick schützt, wusstest Du das?
Im Koran steht, dass er als Bote zwischen Salomon und der Königin von Saba diente und als Vogel von Salomon war er gleichzeitig ein Symbol der Weisheit. – Sach mal, ich habe solche Stiche im Bauch, muss ich jetzt sterben?"
„Lass das Rauchen sein, Olli, dann wirst Du hundert Jahre alt…!"
„Bei den Persern erzählt man sich folgende Sage über den Wiedehopf: Das war ursprünglich eine verheiratete Frau, die sich nackt vor dem Spiegel kämmte. Da

überraschte sie der Schwiegervater und sie, in ihrem Schrecken, verwandelte sich in einen Vogel und flog mitsamt dem Kamm auf ihrem Kopf davon."
Sicher hört Olli auch eines Tages im Tal den Wiedehopf.

*

Die Chefin kommt am Sonntagabend überraschend vorbei. Wann hat sie denn eigentlich mal Feierabend, irgendwann braucht sie doch auch einmal etwas Luft zum Atmen.
Die Kundenschlange steht bis zur Straße. Ich dreh' mich im Kreis, der Strom nimmt gar kein Ende. Nass geschwitzt und mit angeschwollenen Füßen laufe ich flink hin und her, beantworte die Fragen, wiegen und verpacken, rechnen und kassieren. Als hätte ich mein Leben lang nichts anderes getan.
„Jetzt schaun Sie sich die Frau mal an", ruft die Chefin der erstaunten Kundschaft zu „wie die arbeitet, dabei hätte sie es gar nicht nötig, sie war mal Lehrerin!"
Abends ist die Kasse immer wohl gefüllt, besonders am Wochenende.
Aber das eingenommene Geld ist nur der Umsatz, nicht der Gewinn.
Abgezogen werden müssen Lohnkosten der Erntehelfer aus Polen, Rumänien, Indien, die Verpackungsmaterialien, die Miete für den kleinen Traktor-Garagenraum, die dem Heiner zusteht, Lagerkosten, Produktionskosten, und was nicht noch alles.
Der Heiner hat der Chefin seinen Garagenraum gegen eine monatliche Miete zur Verfügung gestellt. Die

Landwirtschaft hat er längst aufgegeben, da keiner seiner Söhne sich damit mehr abgeben wollte. Früher hatte er selbst einen Stand in der Garage, immer noch kommen Kunden und fragen nach, wie es seiner Frau denn gehe.

Nach einem Bandscheibenvorfall wurde sie am Rücken operiert und geht seither an Stöcken. Sie kann das Haus kaum mehr verlassen und braucht auch noch immer Schmerzmedikamente. Immerhin kann sie die Enkelkinder noch beaufsichtigen, die mit ihr gemeinsam den ganzen Nachmittag fernsehen.

‚Papilein', wie sie ihn liebevoll nennt, kocht und wäscht, kümmert sich um Haus und Garten, springt und schafft den ganzen Tag, um seine große Familie und seine kranke Frau zu umsorgen.

Sie wollte nach ihrem Krankenhausaufenthalt so schnell wie möglich nach Hause, eine Reha kam für sie nicht in Frage, so schnell wie möglich heim zum Papi, der würde dann für sie da sein und sie wieder hochpäppeln. Heiner kocht ihr eben auch alles, was sie möchte, auch wenn ihre Diabetes-Erkrankung einiges nicht erlauben würde.

Das Herz ist nicht gut genug, die Zuckerkrankheit nicht unter Kontrolle, die Medikamente greifen den Magen an, eine kranke Frau eben, und nur ein paar Jahre älter als ich.

Keiner der Söhne scheint einen Führerschein zu besitzen, also bringt Heiner diese jeden Tag zur Arbeit und holt sie gegen Feierabend wieder ab.

Am Ortsausgang drücken die Leute, zumal die Straße leicht ansteigt, aufs Gaspedal, dass man kaum sein eigenes Wort versteht. Die großen Laster holpern mit ihrer Ladung über die schlampig eingetieften Kanaldeckel und dröhnen, dass jeder gesprochene Laut höchstens noch an den Lippen abgelesen werden kann.

Für unseren Stand ist der Autoverkehr eine Lebensader, aber den Anwohnern der Straße zittern die Häuser. Die vordere Fensterfront muss tagsüber geschlossen bleiben, die Menschen verziehen sich nach hinten hinaus, selbst dort ist der Straßenlärm immer noch lästig und eine ständige Qual.

Abgesehen von Staub und Dreck und Abgasen sind das aufheulende Gekreische der Motoren, das Brausen, Grölen und Brüllen der Maschinen große Plagen! Der Fahrtwind besonders der großen Laster reißt die kleinen bunten Sonnenschirme um, die sich innerhalb eines kurzen Sommers in ihre Bestandteile auflösen.

Die Tage sind lang, unter der Woche steht zwischen 12 und 14 Uhr die Zeit still, so dass die Langeweile sich wie ein dickes Polster über einen legt. Im Radio senden sie das Mittagsmagazin, aber der Verkehr ist so laut und der Empfang so schlecht, dass man kaum etwas versteht.

Der kleine Dreijährige wuselt manches Mal von hinten auf den vorderen Hof zu mir her an den Stand und freut sich über einen Apfelschnitz. Die Oma kann nicht hinterher, dann kommt in größter Sorge die Mutter und holt ihn wieder ab. Es ist vor dem Haus für die Kinder lebensgefährlich, eine richtige „No-go-area“ würde man in Neudeutsch sagen!

Seit Jahren kämpfen die Ortsbewohner für eine Umfahrung. Hierzu müsste der Verkehr durch das kleine idyllische Flusstal geleitet werden, was einen schlimmen Eingriff in die Natur bedeutete und zwar die Lebensqualität der Menschen im Ort verbessern, dafür die Lebensbedingungen von Fauna und Flora dramatisch verschlechtern würde.

❊

„Was haben Sie hier für einen schrecklichen Verkehr, der Lärm ist ja nicht zum Aushalten."
„Ja; schlimm, aber andererseits, ohne den Verkehr könnte ich hier zumachen."
„Sehen Sie, wir leben in einer Zeit der unüberbrückbaren Widersprüche! Wir fallen nicht nur uns selbst gegenseitig zur Last, sondern allem, was lebt, den Pflanzen, den Tieren. Uns steht alles zu: Die Welt ist ein Selbstbedienungsladen ohne Preisschilder. Wir holen alles heraus aus dem Wasser, der Luft, dem Boden, ohne zu bedenken, was andere Lebewesen davon zum Überleben brauchen…mit unserem Lebensstil. Aber das Lamentieren hilft ja nicht, ich hätte gerne fünf Äpfel, aber rotbackige, schöne, sind sie auch saftig? Ich will sie nämlich verschenken, darf ich sie mir selbst aus der Kiste nehmen?" Jeder Apfel wird sorgsam geprüft, von allen Seiten rundum begutachtet und wenn er den strengen Kriterien nicht standhalten kann, wieder zurück in die Kiste gelegt. Was zum Verschenken eingekauft wird, muss immer besonders fehlerfrei sein.
Wie war das noch mal mit dem Selbstbedienungsladen?

❊

Eine trotz einiger Fältchen jugendlich wirkende Frau bezahlt ihre Äpfel und mit Schwung packt sie die zwei Fünf-Kilotüten. Dann lacht sie: „Schaun Sie mal, ich kann sogar wieder etwas tragen."
Auf meinen etwas verwunderten Blick hin setzt sie die Last wieder ab und streckt mir ihre Hand entgegen. „Da, wissen Sie, was das ist?" Auf ihrem Handrücken hat sich ein ziemlich deutlich sichtbares Überbein gebildet. „Da, fassen Sie an." Ich taste mit Zeige- und Mittelfinger den dicken Knubbel auf ihrer Hand. Auweia. Seit Kurzem hat sie eine Schiene für die Nacht und hat tatsächlich weniger Schmerzen. Sie kann sogar wieder etwas heben, wie froh sie darüber ist! Um eine Operation wird sie nicht herumkommen, aber noch geht es nicht, weil ihre Mutter gerade eine Schulteroperation hatte. Jetzt ist das erst mal wichtiger, später lässt sie sich die Hand machen. Vorerst ist sie überglücklich, dass sie sogar wieder eine Fünf-Kilotüte damit halten kann, nach all den Schmerzen und der Zeit, in der sie nichts, aber auch gar nichts anfangen konnte mit dieser Hand. Sie sprudelt einfach aus ihr heraus, diese Freude.

❋

„So, jetzt muss ich ein wenig handeln!" Ein Herr mittleren Alters, weißes Hemd, Krawatte, nähert sich forsch meinen Auslagen. „Was kosten die Kirschen? 5,80?? Für 5 € nehme ich ein Kilo."
Ich schlage ihm vor, in einem Supermarkt zu überprüfen, ob er sie dort billiger bekäme. Es gibt dieses Jahr wenig Kirschen, das Frühjahr war schlecht, zur

Blütezeit hat es geregnet, danach reiften sie und als man sie hätte ernten können, begann eine Regenphase und die Hälfte der Ernte verfaulte am Baum.
„Tut mir leid, am Preis kann ich nichts ändern, Kirschen sind immer ein teures Vergnügen, dafür sind sie aber wunderbar süß und knackig."
„Fünf Euro, ich muss ein bisschen handeln, sonst schmecken sie mir nicht..." Er findet das Spielchen lustig, als ob wir hier auf dem Flohmarkt wären.
„Also gut, fünf sechzig, damit die Seele Ruh' hat," gebe ich klein bei, weil es mich anwidert, und packe ihm ein knappes Kilo Kirschen ein.
‚Es gibt großzügige Menschen, die von 11,69 aufrunden auf 12 Euro also ist die Kasse damit wieder ausgeglichen', denke ich bei mir.
Er bezahlt, aber eine Handvoll muss er sich zuvor nehmen aus der großen Kiste, die Steine spuckt er in hohem Bogen neben meinen Stand. Möge es ihm munden!
Dann steigt er in sein silberglänzendes Gefährt und sinkt in weiches, dickes Naturleder. ‚Nobel', denke ich, ‚Holz-Leder-Lenkrad und Alcantara Innenhimmel, das richtige Ambiente für Kirschengenießer!'

*

„Zweimal Erdbeeren, bitte," Mutter und Tochter haben es eilig, der Mann wartet im Auto, bei dieser Hitze ist das schweißtreibend und mühselig, selbst bei laufendem Motor und eingeschalteter Klimaanlage.
Schnell wird bezahlt, der nächste Kunde wartet schon. Ab ins Auto und davon. Der pralle Geldbeutel aber

bleibt zwischen den Erdbeerkörbchen liegen. Ich schnappe ihn und stürze hinter dem abfahrenden Auto her. Pfeife gellend durch Daumen und Zeigefinger und wedle mit den Armen, aber niemand schaut in den Rückspiegel, keiner hört den Pfiff, das Auto braust den Berg hinauf und da steh ich nun mit dem wildfremden Geld.
Es ist ein seltsames Gefühl, in den Papieren eines anderen Menschen herumzukramen, so als verletze man seine Intimsphäre, als fasse man ihm unter das Hemd, dabei brauche ich nur den Namen und die Adresse. Alles ist vorhanden, Führerschein, Personalausweis, drei Scheckkarten und jede Menge Bargeld. Was muss die Frau für einen Schrecken bekommen, wenn sie merkt, dass ihr Geldbeutel fehlt! Wir rufen sie abends an und beruhigen sie, nichts ist verloren, alles ist in Sicherheit.
Anderntags holt sie ihr Hab und Gut ab, sie fährt dafür siebzig Kilometer hin und wieder zurück, auf meinen Vorschlag, dass wir ihr die Geldbörse per Einschreiben zusenden würden, hatte sie nicht eingehen wollen. Sie reißt den Geldbeutel an sich, öffnet ihn hektisch mit zitternden Fingern und prüft in Panik, ob alle Scheckkarten noch da sind.
„Muss alles drin sein," sage ich beruhigend, „wir haben nichts herausgenommen!"
Sie habe die ganze Nacht nicht geschlafen, alles, alles habe sie in diesem Geldbeutel, die Scheckkarten ihrer Mutter, die schon über neunzig sei, und die ihres Mannes, der die Karte nie benutze, weil er in diesen Dingen altmodisch sei. Dann die Karten für die AOK, der Führerschein und lauter wichtige Papiere.

„Meine Freundin hat einmal auf Mallorca mit der Scheckkarte eingekauft und ist von der Angestellten im Laden angelogen worden, die Karte sei in der Einkaufstüte. Dabei hat die Verkäuferin die Karte geklaut und für sich behalten. Man kann ja in manchen Geschäften einkaufen gehen, ohne die Geheimzahl eingeben zu müssen. Die Unterschrift kann ja jeder fälschen. Man hört und liest ja so manches in den Medien, man kann ja heutzutage niemandem mehr trauen, nicht auszudenken… nicht auszudenken, wenn sich da jemand bedient hätte." Sie schaut mich durchdringend an. „Ich bin ja sonst nicht leichtsinnig mit dem Geldbeutel, bin ganz bestürzt über mich selber, dass gerade mir das passieren muss. Wir haben ein großes Geschäft, ich bin sonst sehr gewissenhaft, die ganze Nacht habe ich nicht schlafen können."
„Ich habe aber doch extra angerufen, um Ihnen die Sorge zu nehmen."
Sie legt mir 60 Cent auf den Tisch… die Auslagen für den Telefonanruf, und sie strahlt vor Glück und Erleichterung.

*

„Ein halbes Pfund Kirschen bitte, ich brauch nicht viel. Ich bin allein."
Der gemütliche Herr schaut mir geduldig beim Wiegen zu. „Ich brauch nicht viel. Vor einem halben Jahr ist meine Frau gestorben. Ganz plötzlich, niemand hat mit so etwas gerechnet."
„Oh, das tut mir leid."

Er bezahlt. „Und jetzt geh ich heim. Aber nicht gern. Wissen Sie, wie das ist, wenn man heimkommt und keiner ist da, der auf einen wartet? Das ist der blanke Horror!“

*

Ich bin ganz versunken in die Arbeit, die Apfeltüten müssen gepackt und gewogen werden, die Kisten sind fast leer und ich muss mich tief hinunter beugen. Ich höre nur, wie es scheppert auf dem Asphalt. Eine ältere Frau ist mit ihrem Fahrradreifen am kleinen Absatz zum Trottoir abgerutscht und der Länge nach hingeschlittert. Benommen liegt sie unter ihrem Rad, erst mal unfähig, sich überhaupt zu regen. Der Ehemann da vorne hat nichts bemerkt, er ist schon gut fünfzig Meter weiter.

„Haben Sie sich wehgetan? Können Sie aufstehen? Soll ich einen Arzt rufen? Kommen Sie, setzen sie sich erst mal in den Schatten…“ Ich versuche, ihr aufzuhelfen, aber so schnell geht das nicht.

„Hallo, hallo,“ rufe ich ihren Mann herbei. Der steigt ab und schaut sich um, bleibt stehen und hält sein Fahrrad. Dann sucht er bedächtig einen Platz, um es sicher abzustellen und kommt endlich widerwillig herbei. Von Weitem ruft er: „Ja sag mal, was machst denn Du, kannst Du denn nicht aufpassen!?“ Die Frau kann stehen mit blutenden Schürfwunden an Armen und Beinen. Und das Fahrrad hat einen Achter.

„Jetzt komm schon, wir müssen weiter… tss tss tss, hast Du den Hubbel nicht gesehen, wenn man nicht fahren kann, sollte man halt keine Fahrradtour machen…“

„Moment mal," werfe ich ein. „Ihre Frau muss sich erst erholen, so kann sie doch nicht weiterfahren." Aber der liebende Ehemann hat sich schon abgewandt und macht sich auf zu seiner Weiterfahrt.
Ich klemme das Vorderrad zwischen meine Schenkel, halte die Lenkstange fest und versuche, den Achter heraus zu biegen.
„Danke vielmals," haucht die Frau, hält sich am Rad fest und humpelt ihrem Mann nach.

*

Die dunkle Wolkenwand aus dem Westen nähert sich bedrohlich schnell, noch sticht die Sonne vom Himmel, aber nicht mehr lange: Ein paar kräftige Windstöße und es fallen schwere harte Tropfen. Der Wind fasst nun von unten unter meine Schirme und faltet, als wären sie aus elastischem Gummi, deren Gestänge nach oben. Nun heißt es abräumen, abräumen, aber es ist zu spät. Der Sturm tobt mit mächtigem Getöse, dass sich die Pappeln biegen. Eine wilde Bö erfasst meinen großen grünen Schirm, und dieser ist nicht mehr zu halten. Er reißt sich aus der Verankerung, er will sich davon heben. Ich stürze herzu und versuche, ihn zu bändigen. ‚Don Quijotes Kampf gegen die Windmühlen! Vergeblich!' blitzt es mir durch den Kopf. Die Situation entbehrt nicht einer gewissen Komik, das Grinsen vergeht mir jedoch schnell, ich ringe im Nahkampf mit einer Urgewalt. Der Schirm windet sich aus meinem Griff und wird vom Sturm auf den Hof getragen, als könne er fliegen. Aber er ist zu schwerfällig. Sein Gewicht drückt ihn nieder und er trudelt wie ein schlecht gefalteter Papierflieger über die Straße. Die Autos können gerade noch bremsen, um eine Kollision zu vermeiden. Da liegt er nun schwankend kopfüber, 3x4 m misst er, den Schaft streckt er in die Luft, ein dicker Käfer hilflos auf dem Rücken, jederzeit bereit, wieder abzuheben, falls ihm nur geholfen wird. Glücklicherweise kommt Heiner, um ihn mit vereinten Kräften zurück auf den Hof zu ziehen. Wir werden ihn in Zukunft einfach noch besser an der betongefüllten Wanne, in der er verankert ist, festzurren müssen! Er hat bei seinem Ausflug einige Blessuren abbekommen, die ich mit Nadel und einem starken Garn flicken muss.

Da legt sich der Wind, plötzlich wird es still und schon lassen die Wolken fallen, was herunter geht. Die Straße ist im Nu überflutet, die Autos schleichen im Schritttempo, weil die Scheibenwischer zu schwach sind, um gegen diese Brandung anzukämpfen. Gischtfontänen spritzen nach allen Seiten.

Die Tücher sind plitschnass und ich ebenfalls, Haare, Schuhe, Anorak, nass bin ich bis auf die Haut.

Was tu ich mir eigentlich hier an, wozu brauche ich das?

Die Regenwand ist so dicht, dass ich den gegenüberliegenden Bergrücken nicht mehr sehe, dabei ist er sonst so nah. Es hört und hört nicht auf, der Regen trommelt auf die kleinen gut vertäuten Schirme, von denen das Wasser in Sturzbächen herunter platscht. Das Baumwollgewebe wirkt wie ein Zerstäuber und ein Nebelgespinst legt sich über die Brillengläser, aber es gibt kein trockenes Tüchlein mehr, womit ich sie abwischen könnte.

Natürlich steigt bei diesem tosenden Unwetter niemand aus dem Auto, um Erdbeeren zu kaufen.
„Alles muss weg“ sagte die Chefin am Morgen. „Ich kann heute Nacht keine Marmelade kochen.“ Also bleibt der Stand geöffnet, durchhalten, in der Sonne trocknet man schnell. Wenigstens bleiben wir vom Hagel verschont und der ergiebige Regen ist auch nötig nach dieser sommerlichen Trockenheit.

⁂

„Aha, was haben wir denn da? Aegithalos caudatus, siehst Du sie, da drüben, jetzt im Efeu, cauda – der Schwanz, siehst du ihren langen Schwanz, deshalb auch Schwanzmeise.“
„Mein lieber Olli, ich habe leider keine Zeit, um hier die Vögel zu beobachten.“
„Mir ist heut gar nicht so gut, ich glaub, ich bin krank, ich hab was mit dem Magen. Hab’ gestern abend Chili con carne gegessen, ist das schwer verdaulich?“
„Hast vielleicht auch ein, zwei Bierchen dazu getrunken? Vielleicht sogar eines zuviel?“
„Normalerweise heißen ja alle Meisen Parus und gehören zur Familie der Paridae. Aegithalos kommt aber aus dem Griechischen, von aigithalas – die Meise. Nicht zu verwechseln mit dem griechischen aigithos – der Hänfling. Oder gar mit aigithelas, der Ziegenmelker. Das ist sich im Griechischen alles sehr ähnlich, aber bei uns heißt der Hänfling Carduelis cannabina. Und weißt Du, woher das kommt?“
„Na, Cannabis steckt da wohl drin?“

„Ja sicher, Hanfkörner sind seine Lieblingsspeise, wie der deutsche Name sagt und carduelis ist von lateinisch die Distel abgeleitet. Und der Ziegenmelker hat ja bei uns den lateinischen Namen Caprimulgus europaeus, von capra, die Ziege und mulgeo, ich melke."
„Als ob ein Vogel Ziegen melken könnte, wie kommt man denn auf so was?"
„Das haben schon die Griechen sich ausgedacht, schon bei Aristoteles findet sich dieser Irrglaube, und Plinius hat ihn höchstwahrscheinlich von ihm übernommen. Damals hat man gedacht, der Vogel würde nachts die Ziegen anzapfen, denn er ist ja nachtaktiv. Es stimmt, dass der Ziegenmelker sich gerne bei den Herden auf der Weide aufhält, aber natürlich nur, um Insekten zu fangen und nicht um zu melken! Eine glatte Fehlbeobachtung.
Heisst ja auch im Englischen Goatsucker, im Spanischen Chotacabras und im Italienischen Succiacapre. Nur die Franzosen haben Engoulevent, das musst Du ja wissen, was das heißt."
„Na ja, la goulée, ein Maulvoll, also einer, der den Wind frisst."
„Siehste."
So ist Olli. Wenn er gut geschlafen hat, dann setzt er mit seinem unerschöpflichen Wissen ungewohnte Farbtupfer in meinen Alltag. Jedes Gespräch wie ein Graffiti, in grellen Farben an die Wand gesprüht, wie ein Blitz, der die Welt erleuchtet.
An anderen Tagen scheint er von der Last seines mit humanistischer Bildung beladenen Hauptes gebeugt und niedergedrückt, verbittert über sein unerfülltes Leben und ein Schicksal, das ihn in dieses süddeut-

sche Hinterland verschlagen hat, in dem man nicht einmal die deutsche Sprache richtig beherrscht. Als Lektor einer wissenschaftlichen Zeitschrift hat er ein ausgezeichnetes Sprachgefühl und fundierte Grammatikkenntnisse.

*

„Jaja, nun sind wir glücklich im Rentenalter angelangt, aber untätig sind wir deshalb noch lange nicht."
Ein Ehepaar, trotz sichtbarer Altersspuren jugendlich fit, schaut herein.
„Im Herbst geht's für drei Monate nach Rumänien. Nein, nicht in den Urlaub. Ich muss einigen Rumänen Englischunterricht erteilen, Intensivkurs für rumänische Landwirte. Viel mehr weiß ich auch noch nicht. Ist auch ein bisschen ein Experiment für uns. Nein, wir können weder Ungarisch noch Rumänisch, naja, da sind wir jetzt noch dran, damit wir ein paar Grundlagen haben. Wir haben uns auf eine Anzeige hin gemeldet im Publik-Forum. Kennen Sie nicht? Das ist eine kirchenkritische Zeitung, erscheint alle zwei Wochen, die findet man hauptsächlich in Kirchen, aber es kommt auf den Pfarrer an. Nur aufgeschlossene Pfarrer legen die Zeitung in ihrer Kirche aus, vielen ist sie zu linkslastig und zu kritisch, wir lesen sie gerne, es stehen hoch wertvolle Beiträge drin. Wir bringen Ihnen mal eine vorbei zum Testen. Sonst fahren wir mit einem Schäferkarren durch die Welt und spielen mit den Menschen, spannen unseren Traktor ein und los geht's, auf Festen und Veranstaltungen, zu denen man uns buchen kann. Wir bieten jede Menge Spiele

an für Kinder und Erwachsene, wissen Sie, das Spielen ist ganz wichtig, nicht nur für Kinder. Man kriegt das Leben ganz anders in den Griff, wenn man das spielerisch angeht, und das möchten wir den Leuten vermitteln als eine Art Lebenshilfe. Also, wie gesagt, wir vergessen das nicht. Sie bekommen von uns ein Probeexemplar des Publik-Forum, wir kommen bestimmt wieder."

Sieh mal an, denke ich, wie einen manche Menschen doch bereichern können, sie teilen sich mit und ich fühle mich beschenkt und angeregt. Das wäre noch was für mich! Englischunterricht in Rumänien für ein paar Monate! Ich würde nicht lange überlegen, ein Land lernt man nur kennen, wenn man dort arbeitet. Als Tourist fährt man durch, schaut sich alles an mit den Augen eines Neugierigen, und sieht doch meistens nur die Fassade. Aber wenn man im Land arbeitet, lernt man wenigstens in dem kleinen Umkreis, in dem man sich bewegt, die Lebensweise der Menschen kennen, ihre alltäglichen Probleme, ihre Feste, ihr Freud und Leid.

Clementinenernte auf Korsika oder Olivenernte in Italien, Aprikosenernte in der Drôme, Austernernte am französischen Atlantik, unter einem anderen Himmel, im fremden Land. Und im Herbst wie immer die Weinlese in Burgund.

‚Homo ludens' von Johan Huizinga fällt mir wieder ein und mein verehrter Professor Hugo Friedrich, bei dem ich die Vorlesung darüber gehört hatte vor langer, langer Zeit.

Das Spiel als eine „freiwillige Handlung oder Beschäftigung, die innerhalb gewisser festgesetzter Grenzen von Zeit und Raum nach freiwillig angenommenen, aber unbedingt bindenden Regeln verrichtet wird, ihr Ziel in sich selber hat und begleitet wird von einem Gefühl der Spannung und Freude und einem Bewusstsein des Andersseins als das gewöhnliche Leben."

Passt genau! Vorerst spiele ich lustig und vergnügt meine kleine Rolle am Obststand.

„Hallo, Grüß Gott, Guten Tag, was darf es sein, kann ich Ihnen helfen, schauen Sie sich gerne um, jawohl ein Pfund Erdbeeren ganz frisch vom Feld, und richtig süß, macht soundsoviel, und soundsoviel zurück. Vielen Dank, schönen Tag noch, erholen Sie sich gut im Urlaub, gute Heimfahrt, gute Zeit..."

Ein Spiel ist das und es macht mir Freude, mit den Menschen zu reden und zu spüren, wie wohl es ihnen tut, wenn man freundlich mit ihnen umgeht. So fühlt sich das wirkliche Leben an.

⁂

„Na, hattet Ihr einen schönen Geburtstag?" frage ich unseren Jungen, der einen kurzen Abstecher macht, um mir Hallo zu sagen.

„Schade, dass Papa und Du nicht dabei wart, aber Du hast ja gearbeitet. Es war ganz lustig. Jetzt sind wir alle beide auch schon dreißig, Anne und ich!"

„Eigentlich Zeit, um an Kinder zu denken....oder eventuell nicht?"

Er lacht verschmitzt und sagt mir ins Ohr: „Kannst Dich auf was gefasst machen, wir verhüten nicht mehr..."

Na dann! Ich gebe ihm einen aufmunternden Stupser in die Rippen.
Den Teufel werd' ich tun, weitere Kommentare abzugeben und mich einzumischen. Das ist ihr Leben, sie sollen das ruhig anpacken.
Nur, das Mädchen hat so lange studiert und Anne ist erfolgreich in ihrem Beruf mit einer Stelle, die sie so schnell nicht wieder fände, wenn sie eine lange Babypause machte.
Ich wische die Bedenken beiseite.
Wäre das schön, ein Enkelkind! Ich würde mit ihm Lieder singen und Mundharmonika spielen, malen und die Vögel zeigen, mit ihm spazieren gehen und es die Namen all der Blumen lehren, würde ein Planschbecken im Garten aufbauen und mit ihm im Zelt übernachten, ein neues Schaukelseil kaufen und einen Sandkasten herrichten... würde mit ihm sämtliche Höhlen der Schwäbischen Alb erkunden. Wär' das schön! Ob ich die Zeit dazu hätte? Dann würde ich aber wohl meinen kleinen Obststand verlassen müssen.

*

Der Herr braucht ein Schälchen Himbeeren für seine Mutter, die er im Pflegeheim besuchen geht.
„Eines für sie und eines für mich."
„Da wird sich Ihre Mutter drüber freuen, Himbeeren sind etwas Feines... und vor allen Dingen sind sie schön weich, die kann sie wenigstens auch gut beißen."
Die Mutter ist 92, lebt seit Jahren im Pflegeheim und ist dement.

„Das Schlimmste ist, dass ich ihr jetzt gleich eine halbe Stunde lang erklären muss, wer ich bin. Sie kennt mich nicht mehr, … nicht einmal mich, ihren eigenen Sohn!"

❊

Eieiei, zwei fröhliche Herren mit vielen Ringen an beiden Händen und schweren goldenen Armbändern an den Handgelenken. Junge Türken, dazu eine verschleierte Schöne ganz in Gelb! Den Schleier trägt sie mit Grazie und Anmut. Hautenge Jeans und hautenges Top, alles in strahlendem Gelb. Verschleiert, aber so verführerisch, gebieterisch, selbstbewusst, überzeugt von ihrer Wirkung auf die Männer, die sich mit ihr schmücken wie mit einem Prunkstück. Es kommen auch andere, Frauen in dunklen bodenlangen Gewändern, eher gedrungen wirkende Gestalten, nur die Augen schauen fragend unter dem Kopftuch hervor. Sie sprechen nicht mit mir. Ihre Männer kaufen ein, aber die Frau darf auf Türkisch sagen, was sie will. Ob ihr Mann das dann kauft, ist eine andere Frage.
„In Türkei vile bäsre Kirschen, vil Zucker, vile greßr, wunderbare Kirschen in Türkei!"
„Ja, bei *dem* Klima…!" Kirschenpflücken in Kappadokien? Oder Anatolien? Hatte mich nicht Seykenen vor langer Zeit schon eingeladen?
„Du kommen nach Dijarbakir, mich besuchen!"

❊

Wieder ist Sonntag.
Morgens liegt der Stand im Schatten, die Kunden kommen noch spärlich, man hat Zeit, in Ruhe die Ware auszulegen und zu beschildern. Zwischendurch packt man die Apfeltüten, morgens ist die Arbeit wirklich angenehmer. Die Kirchenglocken läuten herüber, noch werden die besinnlichen Sonntagmorgenworte und die heitere Musik im Radio nicht von den lärmenden Autos erschlagen.
Allmählich wandert die Sonne in den Zenit und gegen Westen zu. Da stockt die Hitze in der Garage und die Schirme müssen umgestellt werden, um Beeren, Blumen und Gemüse wenigstens notdürftig vor der allergrößten Hitze zu schützen.

*

Das schon etwas betagte Ehepaar bleibt lange beim Knoblauch stehen. Er nimmt eine Knolle, dreht und wendet sie nach allen Seiten, prüft mit leichtem Druck, ob sie frisch ist.
„Das ist der rosa Knoblauch aus Lautrec, aus Frankreich, der beste, den es gibt. Wunderbar knackig und aromatisch und eben mit den schönen großen Zehen“, erkläre ich beflissen.
„Hahaha“, die beiden fangen schallend an zu lachen. „Haha, da müssten Sie mal unseren sehen im Garten, haben ein ganzes Feld davon, Knoblauch aus Kasachstan ist soo groß!“ Der Mann ballt seine Faust vor meinen Augen. „Ist riesengroß“, ergänzt seine Frau. „Und grien bis zu den Knieen so hoch.“
„Und wie kommen Sie an Knoblauch aus Kasachstan?“

„Ja, haben wir mitgebracht, wir sind Deitsche aus Kasachstan. Haben wir mitgebracht und pflanzen ihn jedes Jahr, ein ganzes Feld. Das ist der Beste, unser Knoblauch aus Kasachstan!"
„Boah, und der wächst bei uns auch so gut wie in Kasachstan?"
„Nojaa, wir bringen Ihnen nächstes Mal eine Knolle, dann kennen Sie die in Ihrem Garten ausprobieren, das wächst hier wunderbar!"
Daran zweifle ich nicht, warum sollte in unserem Klima hier am Bodensee der Knoblauch aus Kasachstan nicht gedeihen?

*

Die Hauptverkaufszeit beginnt am Nachmittag, wenn die Menschen vom Tagesausflug oder vom langen Wochenende wieder zurück nach Hause fahren. Schlag auf Schlag geht es dann; keine Zeit, um zwischendurch am Stand etwas wegzuräumen, die Geldscheine in die jeweiligen Fächer zu stecken, geschweige denn, einen Schluck Wasser zu trinken. Der Schweiß rinnt mir zwischen den Schulterblättern in die Hose und in kleinen Bächen in die Kniekehlen hinein. Kein Augenblick zum Luftholen!
Manche Kunden können nicht warten und verschwinden, wenn es zu lange dauert, wort- und grußlos wieder in ihren Autos.
Manchmal ist es schwer, freundlich zu bleiben.
„Was?? Fünf achtzig?? Danke, ein ander Mal!" faucht ein Herr in ruppigem Ton, dreht sich auf dem Absatz um, knallt die Autotüre zu und fährt davon.

Man tut sich schwer damit! Ich stehe da wie angewurzelt, Stirn in Falten, den Mund kneife ich zusammen und reiße mich am Riemen…

❊

„Na, wie geht es Ihrer Frau. Hatten Sie ein schönes Wochenende?"

„Es tut ihr immer gut, abzuschalten. Wir machen lange Spaziergänge, die Natur hier am See tut ihr gut. Vorletzte Woche fehlten ihr 50 Euro in der Portokasse. Das war schon mal vorgekommen, ist aber schon eine Weile her. Sie dachte, die Kollegin hätte sich verrechnet. Genau 50 Euro, ist das nicht seltsam? Dabei ist sie so pingelig, besonders wenn sie es mit fremdem Geld zu tun hat. Sie ging sofort zum Chef, der grinste bloß, als wenn er schon auf sie gewartet hätte und steckte ihr einen Fünfziger aus dem eigenen Geldbeutel zu. Damit war für ihn der Fall erledigt.

Letzte Woche hieß es plötzlich, die Briefe würden ab sofort in einem anderen Büro von einer Kollegin abgestempelt, sie fragt sich natürlich, wer sie so in Misskredit brachte. Die Kollegen reden nicht mit ihr."

„Na, das ist ja ein netter Verein! Auf so einen Chef samt Kollegen kann man dankend verzichten!"

„Das Schlimmste ist, dass sie niemandem mehr vertraut. Überall wittert sie Betrug und Verrat, sie entwickelt einen regelrechten Verfolgungswahn. Unser Hausarzt ist aber in Ordnung, zu dem hat sie einen guten Draht und er hilft ihr auch. Jetzt hat er ihr erst mal ein pflanzliches Beruhigungsmittel verschrieben, weil sie nicht mehr schlafen kann. Sie grübelt Tag und

Nacht vor sich hin, kriegt Herzrasen und Schwindelanfälle. Ich kauf mir jetzt ein Gewehr, sag ich zu meiner Frau, den schieß' ich tot, den Chef!"

„Ich wünsche Ihnen, dass sich alles zum Guten wendet!" Kraftlos winkt er ab.

„Ich sag zu ihr, lass den Laden sausen, such Dir was Neues. Aber sie ist ja nun auch schon über fünfzig, da findet man so schnell nicht mehr was. Es ist halt deshalb so schlimm für sie, weil sie die Arbeit dort gerne tut und sie fand immer, dass sie mit den Kollegen eigentlich zurecht kam. Hoffen wir mal das Beste".

*

Zwei Frauen mittleren Alters schauen sich um, die Kirschen glänzen prall in ihrem Saft.

„Oh, was für schöne Kirschen! Nur eine Handvoll, neinein, nicht zu viel," sagt die eine.

„Ein Schälchen Erdbeeren auch noch dazu, die mag sie bestimmt." Sie sind Schwestern, das sieht man auf den ersten Blick.

„Schau mal die Himbeeren, meinst Du, sie isst sie?"

„Frag sie doch mal schnell."

Die Frau läuft zum Auto und redet mit einem kleinen blassen Gesicht, aus dem große Augen müde und dunkel aus ihren Höhlen herüber schauen.

„Sie will keine Himbeeren."

„Doch, doch, wir nehmen eine Schale, vielleicht isst sie doch davon, wenn sie daran riecht."

Die beiden Frauen würden den ganzen Stand aufkaufen, um der alten Frau im Auto etwas Gutes zu tun.

„Wissen Sie," sagt die eine, „unsere Mutter hat Krebs

und isst gar nichts mehr. Wir wollen ihr aber doch..." sie bricht ab, ihre Augen tränen.
„Oh ja, da bekommt sie natürlich das Feinste vom Feinsten", muntere ich sie auf und schenke ihr einen Apfel.

*

Ein schönes Kleid, ein leichter bunter Sommerstoff, kurze, schräg angeschnittene Ärmel, einen kleinen spitz zulaufenden Ausschnitt, etwas tailliert und der Rock schwingt bei jedem Schritt fröhlich um die Knie. Sowas würde mir vielleicht auch mal stehen, statt immer nur die Einheitskluft, Bluse-Hose-Blazer.
„Haben Sie gerade die Nachrichten gehört? Ist das nicht schrecklich? Die armen Menschen! Wieder ein Anschlag, hört das denn gar nicht auf! Was ist nur los auf der Welt, man hat den Eindruck, alles gerät aus den Fugen. Wohin man schaut nur Krieg und Gewalt! So schlimm wie heutzutage war es noch nie. An allen Ecken und Enden brennt's. Woher kommt das bloß. Irgendetwas läuft da gewaltig schief. Ich glaube, das ist die Klimaerwärmung, die den Menschen das Gehirn austrocknet! Oder das Magnetfeld der Erde ist gestört! Das geht doch nicht mehr mit rechten Dingen zu!"
Dabei wollte ich der Frau gerade sagen, wie sehr mir das Kleid an ihr gefällt.
„Ja, es ist furchtbar, man mag gar nicht mehr die Zeitung aufschlagen. Jeden Tag wird man überschüttet von irgendwelchen Hiobsbotschaften!"
„Die Zeitung habe ich schon lange abbestellt, die lese ich gar nicht mehr! Mir reichen die Nachrichten im

Deutschlandfunk! – Und das Schlimmste dabei ist, man hat das Gefühl, man kann nichts dagegen tun. Wenn jeder bei sich zuerst nach dem Rechten schaute, dann ginge es anders zu auf dieser Erde! Manchmal denke ich, die Religionen bringen nur Unglück über die Welt. Die sollten allesamt abgeschafft werden, die bringen die Leute nur gegeneinander auf. Wir haben doch alle denselben Gott! Und der will doch ganz sicher nur das Eine, nämlich, dass wir hier in Frieden miteinander auskommen!"

Die Frau Pfarrer mit dem kleinen Auto ist gerade wieder da, wie jeden Sonntag Abend. Ich überlasse ihr die Antwort, denn ich bin keine Theologin:

„Was wir brauchen, ist ein neuer Gottesbegriff! Es reicht nicht, den Leuten zu erzählen, dass da oben ein Bärtiger sitzt, der „alles so herrlich regieret." Gott ist ein Denkmuster. Alle monotheistischen Religionen der Welt müssen sich endlich zusammen an einen Tisch setzen und den einen, gemeinsamen Gott als *Bruder* definieren. Gott ist unser aller *Bruder*! Wir müssen Gott zu uns herunter holen, herunter von seinem Podest in seinem Himmel. Der Himmel ist hier auf der Erde und muss von uns, von uns Menschen, gestaltet werden."

„Das ist so einfach gesagt, Gott aus dem Himmel holen, der ist ja nun mal ziemlich weit weg," wirft die Kundin ein.

„Nur in unserem Denken. Der ist hier!" Sie klopft sich energisch auf den Brustkorb. „Hier ist Gott, bei jedem Einzelnen von uns, würde sogar mal sagen, bei jedem Lebewesen. Der ist ein Teil von uns und von allem, was lebt."

Das Buch, das sie verfasst hat, ist inzwischen längst vergriffen, aber sie schreibt an einem neuen, es soll eine Familiengeschichte werden. Inzwischen ist sie 71, aber sie möchte sich noch nicht aufs Altenteil setzen. Sie würde gerne Lesungen halten und ihre Dichtung vorstellen.
Sie bleibt, bis Heiner mit der Klinke kommt und endlich Feierabend bietet.

*

Am Brunnenrand hat sich ein junger Radfahrer niedergelassen, um eine kleine Picknickpause einzulegen. Er löffelt genüsslich seinen Joghurt, da lässt sich eine Taube vor ihm nieder und kommt neugierig auf ihn zugewackelt. Bei jedem ihrer kleinen eifrigen Schritte pickt sie in die Luft, so als ob sie es gar nicht mehr erwarten könnte, von seiner Leckerei etwas abzubekommen, ein paar Brotkrumen vielleicht…
Da ist sie aber an den Falschen geraten! Kaum nähert sie sich seinem Fuß, kickt er nach ihr mit seinem schäbigen Turnschuh. Das Tierchen hüpft behände zur Seite, gibt aber nicht auf. Wiederum marschiert es hoffnungsfroh auf den Menschen zu, kommt dem Fuß gefährlich nah, wiederum bekommt es einen Tritt und flattert auf. Sie gibt so schnell nicht auf, aber das Spielchen wird dem jungen Mann schließlich doch zuviel.
Wie penetrant einen eine solch dreiste Taube aber auch ärgern kann! Er packt sein Picknick zusammen und überquert die Straße, er muss sich ein ruhigeres Plätzchen suchen.

*

„Mitterand hat am Tag vor seinem Tod noch zwei Ortolane gegessen!“ Das hat Olli auf einer Ornithologenseite im Internet erfahren.

„Die Franzosen wissen, was gut schmeckt und so ein Singvogel ist wohl nicht zu verachten. Ortolane wurden früher massenweise verspeist. Man fing sie in Netzen, sperrte sie in einen Käfig und fütterte sie fett, daher auch der Name „Fettammer“. Dann drehte man ihnen den Hals um, rupfte sie und goss ein Gläschen Champagner hinein, bevor man so ca. 12 Ortolane in eine Schweinsblase einführte, die man mit Brühe auffüllte und gut verschloss. Diese hängte man dann in kochendes Wasser, nach 20 Minuten waren die Vögelchen gar, ein Hochgenuss! Damit auch ja kein wertvolles Geruchspartikelchen entschwinden konnte, deckte man sich beim Essen den Kopf mit einem Tuch ab.

Siehst Du, wenn der Mensch anfängt, eine Art zu essen, schafft er es, sie auszurotten. Mir tut das rechte Knie so weh, ich glaub, ich muss mir bald einen Rollstuhl kaufen.“ – „Das lass mal, das wird schon wieder…“

*

„Was kosten die Kirschen? Was 5,80 €? Die hab ich letzte Woche da vorne für 4 € bekommen! Aber Ihr habt's ja gut hier, könnt verlangen, was Ihr wollt, die Stuttgarter, die hier vorbeikommen, bezahlen alles, die kommen ja nie mehr wieder.“

„Oha, das stimmt aber nicht! Wir haben viele Kunden, die regelmäßig an den Stand hierher kommen, weil sie wissen, dass sie hier Qualität …“

„Ach was, Qualität! Das kenn ich…pffff… ich nehm' ein Pfund Kirschen." In Windeseile packe ich ihm sein Päckchen. Ich würde es ihm nicht übelnehmen, wenn er seine Kirschen dort holte, wo sie am billigsten sind.

⁂

Möchte gerne mal wissen, wie die Muslima ihre Kopftücher binden. Man sieht ja die Haare nicht, vielleicht tragen sie alle lange Haare und stecken sie zu einem Pferdeschwanz hoch, denn ihre Kopftücher haben meistens eine schöne Ei-Form, die den Hinterkopf betont. Jedenfalls sieht mein Kopf ganz anders aus, wenn ich ein Kopftuch umbinde, eher platt nach hinten und das gefällt mir nicht, deshalb käme ich auch nie auf die Idee, eines zu tragen. Es muss da bei den muslimischen Frauen etwas geben, das die Kopfform nach hinten höher und somit eleganter macht, irgendwann frage ich nochmal eine danach. Irgendeine muss mir mal zeigen, was da unter ihrem Kopftuch steckt, das würde mich doch zu sehr interessieren.

⁂

Eine Frau braucht noch Erdbeeren, weil sie Marmelade einkochen will. Es sind beim Sortieren mindestens drei Pfund übrig geblieben, die man dazu noch gut gebrauchen kann. Ich biete sie ihr an zu einem symbolischen Sonderpreis!
Jaja, die nimmt sie und kauft auch gleich noch Kartoffeln, Gemüse und ein Brot mit ein. Es macht 14,70. Zum Bezahlen hat sie aber nur einen 20 Euro-Schein.

„Warten Sie mal, vielleicht kriege ich noch 70 Cent zusammen", sie kramt ihr letztes Kruschelgeld aus ihrem Portemonnaie. Könnte mich doch einfach aufrunden lassen, wo ich ihr doch die Erdbeeren so günstig gegeben, ja fast geschenkt habe, denke ich erstaunt. Umständlich sucht sie in ihrem Geldbeutel nach dem Kleingeld. Hier, drei Zehn-Cent-Münzen schon mal... Sie könnte doch einfach aufrunden und ich würde ihr einen Fünf-Euro-Schein zurückgeben, oder wartet sie am Ende darauf, dass ich ihr die 70 Cent auch noch schenke? Fünf-Cent-, sogar Zwei-Cent- und Ein-Cent-Stücke zählt sie beflissen in meine Hand. Bis die 70 Cent vollständig beisammen sind, dauert es ewig. Manchmal kann man sich nur wundern.
Ich gebe ihr 6 Euro Rückgeld heraus. Sie strahlt mich an und sagt: „Das war jetzt aber doch ein Glücksfall mit den Marmelade-Erdbeeren!"

*

„So, nochmals schnell einkaufen auf der Rückreise. Morgen geht der ganz normale Wahnsinn wieder los."
„Hat sich Ihre Frau etwas erholen können?"
„Sie hat ihren Laptop dabei und schreibt die ganze Zeit. Ihr PC am Arbeitsplatz spinnt! Adobe hat ein Riesen-Sicherheitsproblem, wenn sich Kriminelle daran zu schaffen machen! Jedenfalls kann meine Frau nur auf ihrem eigenen Laptop fehlerfreie Arbeit leisten."
„Sie muss das ihrem Chef melden!"
„Hat sie doch. Dreimal hat sie ihm schon geschrieben, sie bekommt aber keine Antwort. Er meldet sich

einfach nicht, es sieht so aus, als ob er selber dahinter steckt, den könnte ich zum Mond schießen. Ja und natürlich die Kollegen! Das sind keine Freunde, wissen Sie. Kollegen sind wie Haifische, die fressen einander gegenseitig auf! – Beim ersten Mal haben sie das Autokorrekturprogramm so verändert, dass es laufend Fehler produzierte. Sie ist fast wahnsinnig geworden. Jedenfalls kann es nicht mehr so weitergehen, wenn sich das nicht bald klärt, bringe ich sie in die Klinik. Sie ist heute zum Chef ins Büro gegangen und hat zu ihm gesagt: ‚Dann kündigen Sie mir doch, wenn Sie mich los haben wollen!' ‚Oh nein, das werde ich nicht tun! Ich bin in einer Branche tätig, in der man weiß, wie man eine Stelle frei bekommt!' Das war seine Antwort. Und letzte Woche sagte eine Kollegin zu meiner Frau, mit ihrem Fliegenschiss-Job werde der Chef schon noch fertig, den putze der Chef weg wie nix! Darum geht es, er muss eine Stelle frei machen. Meine Frau heult nur noch. Die machen unser Leben kaputt. Wir könnten es zusammen so schön haben, aber meine Frau ist wie ausgewechselt."
„Wenn ich ihr einen guten Rat geben dürfte, nichts wie weg, nichts wie weg…raus aus diesem Saustall!"
„Ich hoffe ja immer noch das Beste…"

*

Eine Dame möchte gerne die Stachelbeeren probieren. Mit spitzen Fingern wühlt sie im Schälchen herum!
Die erste Beere scheint ihr zu munden, sie lässt mich die Schale einpacken. Pickt sich ungefragt eine Beere aus

einem anderen Schälchen „Bah, die schmeckt ja schon ‚vergärt'", nein, dann nehme sie überhaupt doch lieber Himbeeren statt der Stachelbeeren, ob die auch wirklich von unserem Hof seien, sie esse eben ausschließlich Gemüse und Obst, und dann müsse das aber auch alles picobello sein. Unsere Stachelbeeren sind picobello!
Geduldig packe ich das Schälchen wieder aus, dann eben die Himbeeren. Das ist ja schließlich mein Job.

*

Eine andere Kundin berät derweil halblaut mit ihrem Mann, ob sie ein Kilo oder doch lieber bloß ein Pfund Erdbeeren nehmen soll. Unterdessen beginnt sie, sich aus den anderen Schalen die größten Erdbeeren herauszusuchen.
„Entschuldigen Sie, die Schalen sind abgewogen…Sie können sich aber gerne hier eine Schale abfüllen", ich zeige ihr die Stiegen, die noch nicht gewogen sind. Widerwillig folgt sie mir, und wieder liest sie sich die größten Beeren aus der Kiste heraus und füllt ihre Schale, nicht ohne jede einzelne Beere gedreht und beäugt zu haben.
Ihre Schale ist übervoll, sie bringt fast 700 g auf die Waage und der Preis richtet sich nach dem Gewicht.
„Da steht aber doch: Eine Schale 1,70!"
„Tja, damit sind die Pfundschalen gemeint. Hier, die Kiloschalen kosten drei Euro.."
Ein Kilo ist ihr aber zuviel.
Keiner ist in Kauflaune, dabei ist mein Stand appetitlich bunt wie immer, die Ware frisch geliefert…, irgendetwas hat den Menschen den Tag vermasselt.

Die Kirschen sind zu „wabbelig“ und außerdem sowieso zu teuer, die Erdbeeren „zermatscht“, „lädiert“ und „arg gequetscht“, schwarze Johannisbeeren wollen die Kunden. Letzte Woche hatten wir welche, aber da fragte keiner danach.

Nein, Melonen sind keine da, weil, sie gedeihen nicht am Bodensee.

Nein, die Birnen sind noch nicht so weit, auch die neuen Äpfel noch nicht reif, wir verkaufen noch die vom letzten Jahr aus dem Kühllager.

Die sind aber nicht knackig genug und werden halt schnell mehlig.

Manche Kunden wenden sich fast beleidigt ab. Wenn Sie nicht bekommen, was sie wollten, setzen sich ohne Gruß ins Auto und blitzen davon wie kleine trotzige Kinder, fehlt nur noch, dass sie mit dem Fuß aufstampfen.

Ich geh nach hinten zu meiner Kasse, die sich heute nicht füllen will, „blöde Tuss…“ mit einem leisen Seufzer verschaffe ich mir Luft.

Zwetschgen? Nein, Juli ist noch zu früh für deutsche Zwetschgen!

Aprikosen? Leider nein, nur Obst, das bei uns wächst.

„Sie haben keine Aprikosen“, ruft die Frau ihrem im Auto wartenden Mann zu.

„Warum nicht?“

„Weil hier keine wachsen.“

„Quatsch, am Bodensee wachsen doch Aprikosen. Dann nimm halt Kirschen!“

⁕

Es stimmt, in den letzten Jahren haben einige Bauern angefangen, Aprikosen zu pflanzen, aber der Ertrag ist noch so gering, dass wir sie noch nicht am Stand anbieten können. Wenn die Klimaerwärmung munter voranschreitet, wird der Bodensee ein wunderbares Paradies für Aprikosen, Melonen, wer weiß, vielleicht auch für Ananas und Mangos sein!

⁂

„Einmal querbeet, jeweils eine Schale bitte."
„Ja sicher doch, jeweils eine Schale, da hole ich am besten erst mal einen Karton."
„Das wird das Beste sein, dann hab ich alles schön verpackt. Wir sind eben eine große Familie, sieben Kinder, drei hat meine Frau mitgebracht, zwei ich, … und dann sind nochmals zwei gemeinsame dazugekommen," lacht der Mann. „Ich brauche also insgesamt 9 Schalen, von jeder Sorte eine! Dann kann sich jeder aussuchen, was er will, und ich bin sicher, den richtigen Geschmack getroffen zu haben."
„Dann sind Sie also das, was man eine Patchwork-Familie nennt!"
„Ja ja, so sagt man, und manchmal auch: Villa Kunterbunt!"
Der nette Herr von der Villa Kunterbunt hält öfters mal an, immer, wenn er seine große Familie mit frischen Vitaminen versorgen will.

⁂

Die Schweizer können mit dem deutschen Münzgeld nicht viel anfangen. In Deutschland ist sowieso alles viel billiger, da lässt sich's gut einkaufen. Scheine kann man dann wieder umwechseln, aber das Kleingeld nimmt keine Schweizer Bank, es liegt zuhause nur herum.

Bevor also die Schweizer die Grenze überqueren, ist es besser, die Last noch loszuwerden, wenn man nicht vorhat, in nächster Zeit wieder nach Deutschland zu kommen.

„Ach, was soll ich mit dem Krempel. Halten Sie mal ihren Geldbeutel auf! – Da!" und er kippt den gesamten Inhalt seines Portemonnaies in meine Geldbörse. Na, das klimpert gewaltig, wie viel es ist, weiß ich nicht.

Fröhlich klopft er mit der rechten Hand ein paarmal oben drauf und schüttelt gründlich, damit auch der letzte Cent noch aus den Falten fällt.

„So ein bisschen Klimpergeld kann ich immer gut gebrauchen, dankeschön!"

Er zwinkert mir gutgelaunt zu.

*

Alljährlich kommen die polnischen Helfer zum Pflücken, fleißige arbeitsame Leute, die es zu etwas bringen wollen. Studenten, Ärzte, aber auch Handwerker und Kleinbauern, die ihre Familien für viele Wochen zurück lassen, um in Deutschland ein für polnische Verhältnisse fürstliches Geld zu verdienen. Deutsche Arbeitnehmer gehen nicht aufs Erdbeerfeld, zu mühsam und beschwerlich ist die Tätigkeit.

„Wie oft habe ich es schon mit deutschen Arbeitslosen versucht! Die kommen zwei Tage, am dritten Tag sind sie krank! ‚Da ruf' ich doch gleich an beim Arbeitsamt: ‚Behaltet sie!' kann ich da nur sagen." Nein, der Chef verlässt sich voll auf seine Polen.
Für die Unterkunft ist gesorgt, sie kochen selber, so wie sie es für sich gewohnt sind. Wenn sie nach Hause fahren, sind ihre Autos gefüllt bis zum Dachgepäckträger, man kauft gerne Elektrogeräte, Kleidung und was eben sonst noch auf der Wunschliste der Familie steht, in Deutschland ein.
Man soll nur nicht denken, dass sie arme Leute seien! Die Photos auf dem Smart-Phone belegen, wie sauber und vornehm das Häuschen im fernen Heimatland da steht, wie fein Frau und Kinder herausgeputzt sind und überhaupt, wie schön es auch in Polen ist. Man solle sie doch einmal besuchen in Masuren! Aber wie gerne doch!

*

Keine Ahnung, wie lange man braucht, um 10 Pfund Erdbeeren zu rupfen, wie groß wird wohl der Stundenlohn eines Pflückers sein, der im Akkord seine Schalen füllen muss? Kann ich mit Freude die schönen Erdbeeren verkaufen, ohne mit schlechtem Gewissen an die billigen Arbeitskräfte denken zu müssen?
Kann es sein, dass die armen Erntehelfer ausgenützt werden?
Am Sonntag frage ich Jolenta, sie kommt für mehrere Monate im Jahr aus Polen nach Deutschland. Ihre beiden Mädchen sind im Studium und werden von ihr

unterstützt, wie es gerade eben geht. ‚Mama, Mama. Danke! Danke!' sagen die Töchter zu ihr. Nein, noch sollen sie nicht Danke sagen, noch kann sie arbeiten und Geld verdienen. Es kommt aber vielleicht die Zeit, wo sie alt und krank ist. ‚Dann! Dann sollen Kinder „Mama, danke!" sagen! Dann ist die richtige Zeit dafür', das ist Jolentas Devise.
Sie ist unsere Obstpackerin, unsere Zuarbeiterin, die die Ware sortiert und zum Verkauf herrichtet. Sie ist Mädchen für alles. Wo sie gebraucht wird, springt sie ein, kocht Marmelade, pflückt Erdbeeren, liest Mirabellen auf, pflückt Bohnen, putzt und räumt im Hauptstand auf, am Sonntag Nachmittag, wenn bei uns die Luft vibriert, wirkt sie im Hintergrund wie eine gute Fee und ist eine große Hilfe.
„Oh," strahlt sie und singt mit weichem polnischen Zungenschlag, „ich gute Stundenlohn bei Erdbeerfeld, ich neun bis zehn Euro, ich schnell schnell pflücken, ich gut Arbeit." Mit beiden Händen führt sie mir vor, wie flink sie pflücken kann. „Andere langsam Arbeit, nix so viel Geld, no, aber gut Geld…" Da bin ich beruhigt.
„Na also", sage ich zur Kollegin, „der gesetzliche Mindestlohn müsste selbst auch bei einem langsameren Pflücker drin sein…"
„Tja, Du musst aber bedenken, dass die Größe der Erdbeeren bei fortgeschrittener Ernte abnimmt. Wenn Du lauter kleine Beerchen hast, brauchst Du ewig, bis Du voll hast…"
Wenn Jolenta etwas besser Deutsch kann, darf sie im Verkauf tätig sein. Dann schmerzt ihr Rücken nicht mehr so sehr. Zwischendurch fährt sie für ein paar

Wochen nach Hause und zur Apfelernte kommt sie wieder.

*

„Muss noch nach München, eine Pfundschale bitte, kann ich die irgendwo waschen? Ich möchte unterwegs davon essen. Was am Brunnen, da vorne? Ich bin doch gehbehindert, haben Sie kein Wasser hier?" Da plötzlich ein wildes Gehupe, die Autos können glücklicherweise langsam abbremsen und halten sogar an. Im Nu hat sich auf der Straße in beide Richtungen ein Stau gebildet. Der Herr an meinem Stand dreht sich um und erstarrt. Und nun sehe auch ich, was da vor sich geht: Sein Auto hat sich führerlos rückwärts in Bewegung gesetzt, rollt lautlos, langsam schneller werdend, quer über die abschüssige Straße, prallt auf den Rinnstein gegenüber, macht einen kleinen Hüpfer, knapp daneben steht mein Auto an dem kleinen Abhang, der zum Bach hinunterführt. Aber glücklicherweise rollt das Auto in einem Abstand von gerade mal geschätzten 30 cm daran vorbei und ich muss gestehen, dass ich erst einmal erleichtert aufatme. Da bleibt mir doch das Wort im Halse stecken, der gehbehinderte Mann hinkt, so schnell er kann, seinem Auto nach. Seinen Oberkörper kann er nicht aufrichten, so, als würde er jeden Moment vornüber kippen, überquert er mit kleinen Schritten, mühselig humpelnd, die Straße, ohne auf die Autos zu achten, die inzwischen wieder Fahrt aufgenommen haben. Auf der gegenüberliegenden Seite verschwindet seines wie von Geisterhand gelenkt rasch im Rückwärts-

gang auf dem kleinen ziemlich stark abfallenden Teersträßchen, auf dem so oft Eltern mit ihren Kindern im Kinderwagen oder auf Fahrrädern vom Spaziergang zurückkommen. Nicht auszudenken auch, wenn just in diesem Augenblick … oder ein Auto sich von unten näherte oder gar ein Traktor…. Ich fasse mir mit beiden Händen an den Kopf, nicht auszudenken, wenn der Wagen mit voller Wucht dagegen knallen würde. Plötzlich kracht es, splitterndes Holz, Blech, Glas? Immerhin müsste das Auto irgendwo da unten nun abgebremst sein. Vom gehbehinderten Autobesitzer sehe ich nichts mehr. Ich muss ihm helfen, geht es mir durch den Sinn, den Stand kann ich aber doch nicht alleine lassen. Ich klingle den Heiner heraus und bitte ihn, kurz ein Auge darauf zu halten, bis der Mann samt seinem Auto wiedergefunden ist.
Da brummt aber auch schon etwas um die Kurve den Berg herauf: Lustig drapiert mit Grasbüscheln und Ästen zwischen den Rädern und auf der Kühlerhaube braust das Auto um die Kurve. Ein grüner Zweig hat sich wie eine Trophäe in der Dachreling verhakt. Nun ist dem Mann die Lust auf seine Erdbeeren vergangen, mein Winken auf den Parkplatz lehnt er mit einer brüsken Armbewegung ab, reiht sich, ohne auf den Verkehr Rücksicht zu nehmen in die Kolonne auf der Straße ein, wiederum hupen die Verkehrsteilnehmer, ballen ihm ihre Fäuste zu und schütteln die Köpfe. Er gibt Gas und stürmt davon. Den Großteil seines grünen Grasschmuckes samt ein paar Ästen verteilt er großzügig auf der Straße.
Er muss unter Schock stehen, gerade so wie ich; mir zittern jedenfalls die Knie, eigentlich ist es unverant-

wortlich, sich so ans Steuer zu setzen. Und was hätte nicht alles passieren können! Von der Beschädigung an seinem Auto ganz zu schweigen, Ölwanne, Benzinleitung… ob er wohl je heil in München ankommt?
Nach Feierabend will ich doch sehen, wo sein Auto schlussendlich zum Stehen kam: Eine kleine Böschung abseits von der Straße hat die wilde Fahrt gebremst, ein paar ziemlich kräftige Haselsträucher wurden plattgewalzt und im hohen Wiesengras war die herrenlose Reise zu Ende. Die Blech- und Plastikteile, die noch verstreut herumliegen, beeinträchtigten die Fahrtüchtigkeit augenscheinlich nicht, jedenfalls können diese ersetzt werden. Und ganz sicher werde ich in Zukunft niemals vergessen, die Handbremse anzuziehen.

*

Fahrradfahrer, ein Ehepaar, das erkenne ich am Ton, den sie miteinander anschlagen. Eine lebhafte Diskussion führen sie miteinander, schauen suchend über meine ganzes Warensortiment her, ein Wort gibt das andere. Die Unterhaltung ist laut und hart, Rede und Widerworte – offensichtlich will er nicht, was sie will und umgekehrt ist es genau so. Ich verstehe kein Wort. Sie werden doch wohl nicht anfangen zu streiten!
„May I help you?“ versuche ich es auf Englisch, sie können so leidlich radebrechen. Französisch geht gar nicht. Meine Neugier packt mich gewaltig, diese Sprache habe ich noch nie gehört.
Ich verstehe kein einziges Wort, meistens kann ich einordnen, woher die Leute kommen, entweder am Nummernschild oder an der Sprache.

Sie sprechen Baskisch, sie kommen aus dem Baskenland, sind schon zum dritten Mal in Deutschland. Baskisch ist ganz anders. Niemand weiß, wo seine Wurzeln liegen, und man kann es aus keiner anderen Sprache herleiten, weder aus dem germanischen noch aus dem romanischen Sprachraum. Es ist überhaupt ein Rätsel, wie das Baskische sich aus einer fernen Vergangenheit bis in die heutige Zeit hinein gerettet hat. Ich hatte es mir weicher vorgestellt und bin überrascht, wie viele harte Konsonanten darin vorkommen.

Wollen nach Mösberg fahren, heute noch, Mösberg. Er fragt nach dem Weg.

„Messkirch vielleicht?"

„Nein, Mosbrug, Musbörg, Mesbörg," sagt sie.

„Nein, Mürsberg, Mesbürg, Mürs........," fährt er dazwischen.

„Aha Meersburg! Jaja, das ist genau die andere Richtung, ungefähr 30 km noch."

Mit den Spaniern verstehen sich die Basken nicht so gut, verridiffikelt, mit den Franzosen auch nicht.

Ja, aber im vereinten Europa kann das kleine Baskenland doch nicht unabhängig werden.

Oh yes, agretproblem.

Und die ETA wird es wahrscheinlich auch nicht lösen können.

Sie lachen und heben abwehrend die Hände.

Noch eine baskische Diskussionsrunde, dann gibt es für jeden eine Schale Erdbeeren und die beiden suchen sich auf der gegenüberliegenden Wiese ein schattiges Plätzchen und halten Mittagsrast.

*

„Das macht 18,97 bitte."
„Runden Sie auf," sagt die Frau, aber ich habe das Wechselgeld schon in der Hand parat.
„Nein nein, das nehmen Sie." Ich drücke ihr schmunzelnd das Geld in die Hand, „und das sind jetzt erst mal drei Cent fürs Glück!"
„Oh ja, Glück! Das können wir brauchen… kiloweise!"
„Ha, ja, wer nicht?" lache ich. Aber es ist ihr nicht zum Lachen zumute, sie wirkt bedrückt.
„Es hat ein Jeder halt so sein Päckchen zu tragen," sage ich.
„Wir ganz besonders." Sie legt schwer ihre Hand auf meinen Arm und lässt ihn lange nicht los, leise sagt sie: „Letztes Jahr haben wir unseren Schwiegersohn verloren mit 36, unser Enkel hat eine schwere Leukämie und mein Mann hat Prostatakrebs."
Sie stützt sich auf meinen Arm.
„Alles, alles Gute," flüstere ich ihr ins Ohr.

*

„Hach, Gottseidank, sie haben noch Erdbeeren. Ich brauche noch ein Pfund – für meinen Papagei, der liebt sie heiß und innig."
„Ach, Sie haben einen Papagei, – kann der auch reden?"
„Ja, er ist noch jung, er fängt gerade erst an. Wenn ich morgens aufstehe, dann sagt er: Hallo Schatzilein."
„Ein Freund von uns baut gerade eine Voliere, um Kanarien und Zebrafinken zu halten."
„Nein, die sind mir zu klein. Ich brauch was zum Kuscheln. Der schläft sogar bei mir im Bett…"

„…und knabbert an Ihrem Ohrläppchen?" lache ich. „Jaja, unter anderem auch dort."

⁂

Spät abends kurz vor acht, wenn ich anfange, das Gemüse in die Scheune zu packen, kommt der Jäger. Ist öfters in Berlin, kennt da einen Haufen Leute von oben, kennt sie eigentlich alle, hat laufend mit denen zu tun, hat mit Gysi damals, „als dieser noch in Ordnung war", einen Vortrag gehalten, würd' er jetzt nicht mehr machen, weil Gysi sich so um 180 Grad gedreht hat.

„Ich sag Ihnen, da geht die Angst um, die in Berlin, die haben alle eine Heidenangst! So kann es nicht mehr lange weitergehen! Schäfchen ins Trockene bringen *und* dabei ein anständiger Mensch bleiben, darauf kommt's doch an! Aber Aktien machen keinen Sinn! Gold! Grundstücke! Und Wald! Ham Sie was zum Anlegen? Ich sag Ihnen, kaufen Sie Wald und Feld. Irgendwann kracht alles zusammen und dann bezahlen die Kleinen. Ich sag Ihnen, die Banken holen alles aus Ihnen raus und Sie müssen alles bezahlen…, gemse mir mal eine Flasche von Ihrem Klasse-Holunderprosecco, und den Käse, einen Sack Äpfel, was brauchmer denn noch?"

Dann wird großzügig eingekauft, das macht richtig Spaß! Er schielt ein bisschen, man weiß nie so recht, wo er gerade hinschaut, aber wenn er einkauft, wackelt die Bude.

Nun geht er auf die Jagd, will aber nichts schießen, nur beobachten. Ist sowieso Schonzeit. Aber beobachten zur Entspannung, das ist seine ganze Freude,

Natur erleben, ganz nah dran sein, das ist das wahre Leben, alles andere zählt nicht!
Seine Hündin wartet hinten im Auto in ihrem Käfig, muss ja sein in der Schweiz, die sind schnell beim Abkassieren dabei. Er hat eben noch eine Wohnung in Zürich.
Ich muss seine Hündin begrüßen, die mich mit einem treuen Hundeblick durch die Gitterstäbe anschaut, das Allerliebste, was er hat.

*

Über Nacht hat es geregnet und die Temperaturen sind gefallen.
Wo die Hagelwolken gerade ihre Last abluden, ist die Ernte vernichtet! Die Himbeeranlagen sind leergefegt, die Apfelplantagen, die nicht durch Hagelnetze geschützt sind, lassen nur noch Mostobst erwarten, das wahrscheinlich aufgrund der anfallenden Riesenmenge keinen Preis erzielen wird. Ein Jahr Arbeit umsonst! Das Schneiden und Pflegen der Bäume in Winterkälte, das Instandhalten der Zäune, das Spritzen, der Sommerschnitt, das Mulchen der Wiese, – alles vergebens! Die Erntehelfer müssen aber auch dieses Jahr trotzdem bezahlt werden.
Hagelnetze machen nur auf den eigenen Feldern einen Sinn, für die gepachteten sind sie zu aufwändig. Ohne die teure Hagelversicherung kommt heute keiner mehr aus.
Und nun regnet es ununterbrochen. Von den Schirmen läuft das Wasser in Sturzbächen, so dass man kaum die Ware vor der Nässe schützen kann. Kaum

ein Auto hält an. Ich ziehe mir die warme Strickjacke über; wenn man durchnässt ist, friert man schnell. Scheiß Job, heute. Warum tu ich mir das an? Mich schaudert. Das ist also draus geworden!
Die Chefin hat die Äpfel heruntergesetzt, 2,5 kg für einen Euro.
„Das sind nicht mal die Kosten für die Überwinterung!“ sagt sie. „Aber es hat ja keinen Zweck, die Lager müssen irgendwann geräumt werden.“
Lauter kniggerige Unzufriedene.
Kirschen? Viel zu teuer! Was? Keine Himbeere da? Noch nicht mal neue Äpfel? Die alten vom letzten Jahr? Nee, die nicht!
Nur karge Wortbrocken werfen die Leute über den Ladentisch.
Und ich? Bombardée de mauvaises ondes! Bad vibrations!
Hoffentlich reinigt der Regen die Luft!

*

Auf dem Absatz vor der Scheune verläuft eine Ameisenstraße. Eifrig krabbeln die Tierchen im Gegenverkehr. Mich stören sie nicht, sie richten jedenfalls keinen Schaden an.
„Sauviecher! Immer, wenn sich das Wetter ändert, laufen die da 'rum, sie kommen von da oben, marschieren die ganze Länge entlang bis ins Haus hinein.“
Heiner kommt mit der Giftspritze und nach zehn Minuten ist die Ameisenautobahn verwaist. Nur einzelne Tierchen torkeln noch herum. Es liegen aber keine Toten da, sie haben sich zum Sterben verkrochen, ins-

geheim hoffe ich, sie haben sich gegenseitig gewarnt und einen anderen Weg genommen.

⁕

Sie kommen zu dritt. Der Mann kauft zwei Kilo Kirschen, zusammen mit seiner Frau verstaut er sie im Kofferraum, die alte Mutter schaut sich derweil beim Gemüse und den Blumen um.
Nachdem sie ihren Einkauf erledigt hat, flüstert sie mir verschmitzt zu:
„Jetzt schnell noch ein Pfund Kirschen, … für meine Tochter."
Inzwischen kommt die Tochter zurück an den Stand und hilft der Mutter, ihre Sachen einzupacken. Lachend drückt ihr diese das Pfund Kirschen in die Hand: „Und die sind für Dich!"
„Aber, Mama, der Günter hat doch gerade zwei Kilo Kirschen gekauft!"
„Macht doch nix, die sind zum Gleich-Essen…" Sie freut sich königlich, dass ihr diese Überraschung gelungen ist und blinzelt mir verschmitzt zu.
Die Mutter darf vorne sitzen neben dem Schwiegersohn. Die Tochter steigt hinten ein.
So war es immer mit unserer Mutter, wenn wir zusammen unsere Fährtchen machten! Jetzt aber, nicht melancholisch werden.
Hinten bei der Kasse muss ich mir die Augen trocknen, aber es sieht aus, als ob ich mir den Schweiß abwischte. Kann mir am Stand keine Sentimentalitäten leisten.

⁕

Das freundliche Ehepaar aus Böblingen kommt mit seinem Motorbootchen auf dem Anhänger oft vorbei, morgens kaufen sie den Tagesproviant ein, abends auf der Heimfahrt nehmen sie das Abendessen mit nachhause. Wahrscheinlich haben sie keinen Liegeplatz und fahren ihre „Mira" eben hin und her. Den Tag über verbringen sie schaukelnd auf dem See und genießen ihr Dasein. Vielleicht angeln sie, haben sie ein nettes Buch dabei, spielen Karten oder liegen einfach nur in der Sonne. Da draußen muss es still sein, nur das leise Glucksen der Wellen, die Geräusche der restlichen Welt ganz weit entfernt vom hellen Ufer herüberwehend… Das klare Grün unter und ein fernes Blau über sich… „Miras" Traum!

⁂

Da ist er schon wieder! Früher war er einmal Bäcker in Berlin, seinen zitternden rechten Arm hat er angewinkelt und hält ihn mit der linken Hand fest, damit die Münzen nicht herunterfallen. Auch wenn er keine Münzen dabei hat, hält er den schwachen Arm fest. Mit kleinen zaghaft schlurfenden Schritten nähert er sich.

„Guten Tag, junge Frau!"

„Oha, Sie waren beim Friseur, steht Ihnen gut, der neue Sommerschnitt!"

„Jaja, die Weiber haben keine Ruh gegeben."

Seine immerzu fettigen Zottelsträhnen, die sein ausgemergeltes, zahnlückiges Stoppelgesichtchen mit den tiefliegenden Augen bis auf die Schultern herab umrahmten, hatten zuletzt ausgesehen wie gerupftes

Gefieder, nun ist er kahl geschoren bis auf die blasse Kopfhaut.
Die abgetragenen Kleider schlottern, die nackten Zehen stecken in ausgelatschten Sandalen.
Nein nein, ich hatte mich getäuscht, auch heute hat er kein Geld dabei, ob er anschreiben lassen könne.
Er braucht Brot, das Nötigste eben und einen Salat und ob ich ihm nicht noch was Abgelaufenes hätte.
Ich schreibe auf, was er nicht bezahlen kann und lege das Geld aus dem eigenen Geldbeutel in die Kasse.
7,80 und das heutige Datum. Wie alt mag er nur sein?
Zu Beginn des neuen Monats kommt er dann mit einem Schein und ich erhalte mein Geld zurück.
‚Die Weiber' schicken ihn zum Einkaufen, haben selbst kein Geld und leben von seiner Stütze.
„Der arme Kerl wird ausgenutzt von den Frauen!" sagen die Leute.

*

„Guten Tag, was darf's denn sein?", begrüße ich meine Kunden, manchmal sage ich „Hallo", manchmal „Grüß Gott", wie es bei uns in Süddeutschland gebräuchlich ist.
„Ich sag's ihm, wenn ich ihn seh'!"
„Wie bitte?"
„Ich sag's ihm, wenn ich ihn seh'!"
„Ach, das ist so ein typischer Norddeutschen-Witz!", sagt der Begleiter des Herrn, der Gott von mir grüßen will. Die beiden kaufen ein Kilogramm Kirschen.
„Halt, nein," ruft der andere ihm nach, „ich will keine gewaschenen Kirschen, die schmecken nicht, wenn sie gewaschen sind."

Vor dem Hof fließt ständig das frische Quellwasser in einen steinernen Trog, der von Heiner penibel sauber gehalten wird. Nach starken Regenfällen steckt er ein Stück Schaumstoff als Filter in den Hahn und ab und zu lässt er das Wasser ab, um den Algenbewuchs zu entfernen.

„Grüß Gott" rief ich einmal einem alten Bäuerchen zu, das mit seiner Bierflasche auf der Haustreppe saß. Wir waren den ganzen Tag gewandert und redlich müde.

„Ja, wo wird er denn sein, der Gott?" kam es prompt zurück.

„Der hat schon ein Plätzchen", lachte ich und zeigte mit dem Finger nach oben, „der hat es gut, und wir müssen laufen."

„Ja ja, laufen und saufen." sagte er und nahm einen kräftigen Schluck aus seiner Bierflasche.

⁕

Zwei Fahrradfahrer aus Clermont-Ferrand, Vater und Sohn, die bei mir mit etwas Obst eine Pause einlegen, füllen mit unserem Brunnenwasser ihre Trinkvorräte auf. Ich weiß nicht, ob es die hygienischen Anforderungen an Trinkwasser erfüllt. Wir benutzen es, um die Rosen frisch zu halten. Manche Leute waschen unter dem fließenden Wasser ihr zum sofortigen Verzehr bestimmtes Obst.

Heiner sagt, das sei reines Quellwasser, noch nie sei die Quelle versiegt, das Wasser sprudele das ganze Jahr über und man könne es gut trinken.

Aber man sollte es doch einmal untersuchen lassen, denke ich, dann könnte man ein Schild anbringen

„Trinkwasser", das wäre eine kleine Kostbarkeit in der glühenden Sommerhitze. Viele Leute fragen nach Wasser oder irgendetwas zu trinken, weil es in dem kleinen Dorf sonst keinen Laden gibt.
Auch ein Kühlschrank mit Getränken wäre an unserem Stand der Renner, müsste ich eigentlich mal der Chefin vorschlagen.

⁂

Da hat es jemand sehr eilig! Schnell die Kirschen, die Bohnen, den Prosecco, den Käse, Marmelade, die Frau wartet schon seit zwei Stunden mit dem Essen.
„Rufen Sie sie doch geschwind an!" – „Hab' ich schon."
Alles kauft er in zweifacher Menge, die Rechnung summiert sich, einen „Fuffi" darf es kosten.
Einem so großzügigen Kunden schenke ich doch gerne eine rote Rose für seine Frau.
„Nein, nein, nicht rot, das ist zu verfänglich. Ich bin heute Abend noch nicht zuhause, zu meiner Frau komme ich erst morgen. Heute Abend bin ich bei Sylvia, die wartet schon, da nehme ich lieber eine gelbe Rose, und dann geben Sie mir doch noch eine rote für meine Frau!"
Aber er besteht darauf, die Rosen zu bezahlen, ganz aufgekratzt und gut gelaunt.
Sieht fein aus, der Mann, leicht angegraut, wird wohl auf die sechzig zugehen, sehr gepflegt und riecht gut, kein Wunder, dass er Glück bei den Frauen und zwei davon hat.

⁂

Der kleine Herr mit Schlips und weißem Kragen kommt immer abends vorbei und kauft „ein bisschen was zum Naschen“. Schon des Öfteren bat er mich um Wechselgeld. Immer bezahlt er mit einem 10- oder 20-Euro-Schein. Auch dieses Mal braucht er 2-Euro-Stücke, so dass ich schon im Verlauf des Tages diese Münze in ein kleines Schälchen für ihn aussortiere.
„Ja ja, 2-Euro-Stücke, Sie werden sich wohl schon wundern. Aber wissen Sie, meine Mutter ist im Heim, die braucht sie, um dem Personal ein bisschen Trinkgeld zu geben.“
„Aber das werden die Schwestern doch wohl nicht erwarten?“
„Nein, nein. Und trotzdem, vielleicht wissen Sie das ja selbst: Man ist immer besser dran, wenn man etwas geben kann!“
Na so was, wo kommen wir denn da hin, wenn man das Personal im Altersheim extra bezahlen muss, damit man gut behandelt wird!
Wenn die nette Frau alle die vielen 2-Euro-Stücke an das Personal verschenkt und ihre Rechnung aufgeht, dann hat sie dort keinen Grund zur Klage. Der Mann scheint seine Mutter sehr zu lieben, er besucht sie jeden Abend nach der Arbeit.

*

Ingrid hält jeden Mittwoch nach der physiotherapeutischen Behandlung. Nur um ein wenig zu schwatzen. Wie es denn so gehe. Von der Musikgruppe, in der wir uns kennenlernten, erzählt sie wenig und ich frage nicht mehr nach.

Man wollte sowieso einmal ganz andere Stücke lernen, eher mal alte Schlager, Fritz habe inzwischen aufgehört und Hubert keine Zeit mehr, berufliche Veränderung, Renate und sie wollten im nächsten Semester mit Gitarre anfangen bei der Volkshochschule.
Die Wunden verheilen langsam, noch immer scheuen wir uns, die Namen der „anderen" vor unserem alten Dirigenten zu nennen, Verunsicherung ist zu spüren und seine Angst, dass einer von uns doch noch abspringen könnte und mit „denen" gemeinsame Sache macht – hinter seinem Rücken.
So geht es im Leben. Man fühlt sich jahrelang sicher und geborgen auf seiner Scholle, dann geht eine Erschütterung mitten durchs Herz. Der Gletscher kalbt und man treibt allein auf das weite Meer hinaus.
Oder es braust ein Hagelsturm über das frische Grün des Sommers. Wie klagen die Waldbesitzer nach den Stürmen über gefallenes Holz, über umgestürzte Bäume und kahle Waldstücke, die vom Borkenkäfer heimgesucht werden.
Und zehn Jahre danach entsteht auf den ehemals in Monokultur mit Nadelholz bewirtschafteten, vom Sturm heimgesuchten Flächen ein neuer lebendiger Wald, ein Mischwald, in dem sich eine ganz neue Lebensgemeinschaft von Pflanzen bildet.
Immer schaffen solche Ein- und Abbrüche Raum für junges Leben.
Der Schmerz der Zerstörung ist immer zugleich ein Schmerz, aus dem Neues geboren wird.
Auch dieses Mal will ich Ingrid einen Apfel schenken.
„Nein danke, ich will es Dir lieber gleich sagen, der

Apfel, den Du mir letztes Mal gegeben hast, war überhaupt nicht mein Geschmack!"
O.K., Ingrid sagt, was sie denkt!

*

Jeden Morgen lade ich mein Auto voll. Ich weiß ungefähr, was ich an einem Tag verkaufen kann, trotz der Schwankungen und Unwägbarkeiten. Ich brauche Himbeeren, Stachelbeeren, Pflaumen, frisches Brot... Ich lade das Auto voll bis zum Rand und baue den Stand auf. Schreibe die Preisschilder, auf denen Herkunft, Gewicht und Preis vermerkt sein müssen. Der Wirtschaftskontrolldienst kreuzt völlig unangemeldet auf, nimmt Proben mit, überprüft, ob alles korrekt gewogen ist und überwacht die Qualität der Ware.
Das ist bei uns kein Problem.
„Ohne Beanstandungen" hieß es auch das letzte Mal.
Qualität ist das A und O. Lieber etwas teurer, dafür aber beste Qualität.
„Das muss ich Ihnen sagen, ich habe dieses Jahr noch nirgends so gute Erdbeeren bekommen wie bei Ihnen!"
Das hört man doch gern. Solche Kunden kommen auch wieder; sie fahren extra einen Umweg, um an unserem Stand einzukaufen.

*

Heute kommt die Chefin mit dem großen Lieferwagen angefahren und bringt Kirschen.
Ich versteh das nicht. Warum bringt sie so viele Kirschen? Ich weiß nicht, wie ich heute alles verkaufen

soll! Lieber wäre es mir, sie brächte mir jeden Tag frische Ware vom Feld, statt Kirschen für drei Tage lang! Ein Albtraum, diese Kirschen!
Das bedeutet also, Handschuhe an und Kirschen sortieren. Es gibt wahrhaftig Schöneres!
Heute im Sonderangebot. Durch den Regen der vergangenen Tage platzen sie und fangen an zu faulen, schon beim Pflücken muss die Hälfte aussortiert werden. Ein Großteil der Kirschenernte ist schon verdorben.

„Die Kirschen müssen raus, machen Sie sie zum halben Preis!"
„Schnell, schnell, abgeladen und unters Volk damit! Bauen Sie alles voll, da vorne hin ein Schubkarren voller Kirschen, die Leute müssen was sehen, nur was sie sehen, kaufen sie auch. Wenn nichts da liegt, geht auch nichts weg!" Die Chefin legt Wert darauf, dass der Stand immer gut bestückt ist: Fülle weckt die Begierde.

*

„Heute gibt's Kirschen im Sonderangebot, bei zwei Kilogramm haben Sie einen ganz günstigen Preis!"
„Ja, was soll ich denn mit so vielen Kirschen anfangen?"
„Machen Sie doch mal einen Kirschenplotzer!"
„Was ist denn das, davon hab ich ja noch nie gehört."
„Kirschenplotzer, das ist eine alte Spezialität von hier…" und ich erkläre dem Ehepaar aus Düsseldorf das Rezept des echten badischen Kirschenplotzers.
Altes Brot oder Wecken in lauwarmer Milch einweichen, Butter mit Zucker und Eigelb schaumig

schlagen, grob gehackte Nüsse, und die ausgedrückten Wecken dazugeben, mit Zimt, Schnaps und etwas Zitrone fein würzen, Kirschen darunter heben und zuletzt das geschlagene Eiweiß. Mit einer Vanillesauce, oder mit Vanilleeis servieren, das ist eine Leckerei erster Klasse.
„Das ist so viel Arbeit, die Kirschen zu entsteinen!"
„Aber nein, die Steine bleiben drin, die werden mitgebacken, der echte badische Kirschenplotzer wird mit unentsteinten Kirschen gebacken."
Da sagt der Mann: „Na, das kann ja eine Klöterei werden…in der Kloschüssel."
„Oh Manne, was fällt Dir wieder ein, die isst man doch nicht mit."

*

Der Motorradfahrer braucht mal eine Pause, er hat Durst und möchte einen Apfel. Die Kluft engt ihn ein, er setzt den Helm ab und zieht die schwere Jacke aus. Bei diesem Wetter kommt man sogar beim Fahren ins Schwitzen. Er macht eine Tagestour rund um den Bodensee, mal raus aus dem Trott. Die ganze Woche arbeitet und schuftet man wie ein Pferd, da muss man sich auch mal was gönnen, man hat ja sonst nicht viel. Die Frau ist mit den drei Kindern weggelaufen.
„Mit vierzig! Stellen Sie sich mal vor, sagt doch die Frau mit vierzig Jahren: Ich will auch mal leben! Leben will die Frau! Mit drei Kindern! Lässt mich hocken und ich kann zahlen. Ich will leben!!"
Er kommt von der Alb, das hört man an seinem polternden „rrr" und „leben" spricht er breit wie „läaba".

„Natürlich kann man da lääba! Ich zahle die Hälfte meines Lohnes für die Kinder, sie verdient 900 Euro im Monat und der neue Macker bringt auch noch sein Gehalt, und der verdient nicht schlecht! Damit kann man sogar ganz gut lääba – nur, vo was lääb i?
Hat man zusammen das Haus gebaut, damit die Kinder eine Heimat haben, hat einen Haufen Schulden auf dem Buckel und was macht die? Haut ab und will auf einmal leben!"
„Können Sie denn wenigstens die Kinder sehen?"
„Das ist auch so eine Sache. Die macht sie mir abspenstig, dass sie gar nicht mehr zu mir wollen. Aber das Eine sage ich, die werden auch einmal älter und fangen an zu fragen, und dann sag *ich* ihnen die Wahrheit! Sie wohnten ja zuerst im selben Ort und mussten auf dem Schulweg jeden Tag am Haus vorbei, und als sie gemerkt hat, dass sie doch immer gerne zu mir kamen, hat sie sie eingepackt und ist weggezogen! Ich arbeite von morgens bis abends, muss ja das Haus durchkriegen...wann soll ich denn meine Kinder sehen bei der weiten Anreise..., nein,... die hat sie mir auch weggenommen..."
Ich tue so, als ob ich seine schwimmenden Augen nicht sähe und schenke ihm den zweiten Apfel.
Nach dem nächsten Kunden hat er sich wieder beruhigt. Dieser leidet stark unter seiner Allergie gegen bestimmte Apfelsorten.
„Allergien, was redet denn der von Allergien, ...warum hat es denn früher keine Allergien gegeben? Weil man früher die Kinder mit in den Kuhstall genommen hat, Tatsache, ich bin quasi im Kuhstall aufgewachsen, da war keiner krank und alle sind groß geworden!"

Nach dem dritten Apfel zieht er seine Motorradjacke wieder an – nicht ohne ein Kostgeld zu bezahlen – und verabschiedet sich. Das Motorradfahren sei sein Hobby, dabei könne er ein bisschen entspannen und die Sorgen vergessen. Am Bodensee sei es halt schön.

⁕

Der Chef sagt, es fehle das ganze Geld vom letzten Freitag!
Wie kann das nur angehen? Ich kann mich nicht mehr erinnern, immerhin ist die Woche schon fast wieder um.
„Ich weiß nicht mehr, alle Tage sind so gleich."
Wenn man Woche für Woche durcharbeitet, verliert man jegliches Zeitgefühl, die Tage verlaufen im selben Rhythmus, Ware wiegen, packen, Kundschaft bedienen, rechnen, Geld kassieren, abends zählen, ... und abliefern.
Ich bin mir sicher, dass ich den Beutel abgegeben hatte, denn sonst müsste er ja noch in meiner Tasche sein, sage ich mir, das Geld ist am Hof, vielleicht hat es die Chefin in Gedanken irgendwohin gesteckt und erinnert sich nicht mehr.
Ich habe das Geld hundertprozentig abgegeben, irgendwo muss es sein und irgendwann klärt sich das auf...es wird ja wohl nicht im Papierkorb verschwunden sein.
Aber die Situation ist sehr peinlich!
Die Chefin hat noch eine andere Vermutung: „Vielleicht hat auch mein Mann den Betrag falsch verbucht...machen Sie sich nicht verrückt!"
Ohne Vertrauen wäre dieser Job nicht zu machen. Es gibt keine Kontrolle, weil wir keine automatische

Kasse haben, sondern alles im Kopf oder auf dem Zettel abrechnen. Tausende gehen so durch unsere Hände, da ist Vertrauen eine Grundvoraussetzung.

*

„Guten Tag, wie komme ich denn in die Talaue? Da soll eine neue Straße gebaut werden."
„Hier, gerade vor uns, soll die neue Trasse entstehen. Da oben soll die Straße abzweigen und über einen Damm durch das Tal geführt werden, eine wunderschöne Wiesenlandschaft, durch die sich der Bach schlängelt. Da hinten ist noch ein kleiner Weiher und nach Westen zu gibt es einen richtig schönen Auwald, wirklich wundervoll."
„Eben deshalb, ich soll hier Schmetterlinge kartieren."
„Dann viel Erfolg, die Ornithologen sind auch schon da."
In diesem unberührten Sumpfgebiet gibt es bestimmt alle möglichen Arten von Schmetterlingen. Und ich stelle mir vor, wie der Mann geruhsam beobachtend und kartierend den fröhlich gaukelnden bunten Insekten auf der Spur, die Natur genießen kann, während ich im Staub und Lärm an der Straße stehe und die letztjährige Apfelernte sortiere.
Es wäre schon interessant zu wissen, welche Insektenarten da unten heimisch sind. Das Gebiet ist so naturbelassen, dass es ziemlich wahrscheinlich ist, dort auf seltene Arten zu treffen.
Die weniger schönen und angeschlagenen Äpfel werden für die Reiter zur Seite getan, deren Pferde sie dann immer noch als willkommene Leckerei verspeisen.

Die Reiter kommen in ihren eng anliegenden, an der Innenseite verstärkten Reiterhosen und nehmen mit, was sie bekommen können. Ein Pferd meckert nicht, wenn ein Apfel eine Macke hat, und was braun ist, wird weggeschnitten.

*

„Wir haben heute mal ein kleines Fährtchen an den Bodensee gemacht. Wissen Sie, wir kommen aus dem Schwarzwald."
„Oh, dort ist es aber auch schön!"
„Jaja, da, wo man daheim ist, da ist es halt am schönsten!"
‚Oder könnte es umgekehrt sein?' denke ich. ‚Da, wo es am schönsten ist, ist man zuhause.'
Was ist Heimat? Es lohnt sich wirklich, darüber einmal nachzudenken:
Manche sagen, Heimat sei da, wo man geboren wurde. Andere sagen, Heimat sei da, wo man gemeinsam mit anderen etwas gestalten könne. Heimat sei da, wo man verstanden würde und seine Freunde habe… da, wo man angenommen sei und sich entfalten könne. Heimat sei kein Ort, sondern ein Gefühl.
Ich muss an die fünf dunkelhäutigen, schwarzhaarigen pakistanischen Burschen denken, die vorgestern mit hungrigen Augen hier eingekauft haben: eine Fünf-Kilo-Apfeltüte zum Teilen. Flüchtlinge, Vertriebene, Heimatlose.
Man verlangt von ihnen, dass sie sich integrieren sollen; man erwartet, dass sie sich assimilieren, dass sie möglichst ihre alte Identität ablegen und sich die deutsche Leitkultur zu eigen machen.

Aber wer empfängt sie hier? Wer gibt ihnen das Gefühl, zuhause zu sein? Wer hilft ihnen, sich hier wohlzufühlen, hier eine neue Heimat zu finden?
Viele Menschen helfen ehrenamtlich und tatkräftig, aber anderswo brennen immer wieder die Flüchtlingsheime.

*

„Hallo, bin beim Kartieren da unten. Hab' gedacht, ich hätte mehr Greifvögel."
„Nanu, Martin, dass man Dich auch mal wieder sieht! Und, was hattest Du?"
„Immerhin, ... Dorngrasmücke, Sumpfrohrsänger, Mönch natürlich, aber auch Schwarzkehlchen!"
„Goldammer auch..."
„Ja, die natürlich auch..."
„In der letzten Zeit kam Olli immer zum Kartieren."
„Och, Olli leidet gerade an einer Allergie, es schmerzt und juckt ihn überall... dem geht's nicht so gut."
„Wogegen ist er denn allergisch?"
„Wer weiß, vielleicht gegen Frauen?"
„Das war er doch schon immer, auch ohne Jucken und Schmerzen..."
Olli liebte immer nur seine Frau, die ihn wegen eines anderen verlassen hatte. Er lebte in der Wohnung, die ihr gehörte, so steuerte sie das Minimum zu seinem Unterhalt bei, ab und zu bezahlte sie auch die Rechnungen für seinen alten Peugeot.
„Sach mal, bin total pleite, kannst mir mal was leihen?" Wann sollte ich je nach dem geliehenen Geld fragen, ich weiß doch, dass Olli latent mittellos ist.

Alljährlich zum Geburtstag schreibt er „der“ Frau einen Brief. Ob er diesen abschickt, weiß keiner, aber seine besten Freunde dürfen ihn lesen. Martin und er treffen sich abends in der Kneipe auf ein Bierchen oder zwei, besprechen dabei ihre neuesten Projekte und wissenschaftliche Probleme. Breiten ihre von der Liebe gezeichneten Herzensgeheimnisse auf dem Tresen aus und machen sich gegenseitig durch sarkastische und derbe Witze ihr Junggesellendasein erträglich.
Nun ist Olli allergisch gegen Frauen, kaum zu glauben. Martin, der Künstler, mit seiner hohen Stirn und den rehbraunen, sanft-verträumten Augen, hat eine Vorliebe für die französischen Symbolisten, für Stéphane Mallarmé und Charles Baudelaire, die er dank sehr guter Französichkenntnisse nicht nur übersetzt sondern gleichzeitig so entzückend kunstvoll in die deutsche Sprache umdichtet, dass sie den Originalen in nichts nachstehen. Er hält sich mit befristeten Arbeitsverträgen über Wasser, denn von der Literatur kann man nicht leben.
„Was macht das Dichten?“
„Ach ja, hab’ da was.“

Du gingest mit mir
unter den Tamarisken
im Lichtbogen des Sommers.
Die Blüte brachst Du mir nicht,
Nicht Erfüllung war Dein Versprechen,
Gedenken,
Sehnsuchtsweh –
nun bist Du Monde fern.

„Seit wann schreibst Du denn Liebesgedichte?"
„Na, kam halt so, zwischendurch mal."

⁕

Ingrid macht ihren wöchentlichen Besuch am Stand. „Was spielt Ihr denn zur Zeit?" Sie muss doch noch so oft an die alten Zeiten denken.
„Wir haben was Modernes, vom Rhythmus her ganz pfiffig, und bald haben wir einen Auftritt, bis dahin sollten wir das können. Und Ihr?"
„Ich bin ja nun nicht mehr dabei, sondern habe mit Gitarre angefangen." Die Mundharmonika rührt sie nicht mehr an.
„Wärt Ihr doch bei uns geblieben. Ich verstehe immer noch nicht, warum das so kommen musste."
Sie gibt darauf keine Antwort.

⁕

Victor, der sympathische junge Russe, der mit dem großen Lieferwagen unsere Stände belieferte, hat sich sang- und klanglos verabschiedet.
Seine Frau war nach Deutschland gekommen, um bei ihm ihren Urlaub zu verbringen. So eine Ehe auf Distanz ist nichts für junge Leute. Wahrscheinlich ist er mit seiner Frau zurück gefahren in die Heimat, aber niemand weiß genau, wo er steckt.
Am Hauptstand habe ich mich nach ihm erkundigt.
„War nicht zufrieden mit dem Lohn," die Kollegin zieht die Schultern hoch. „die Chefin ist traurig, er hat die Arbeit gesehen."

Hat sie ihn einmal spüren lassen, wie sehr sie ihn braucht? Ein Lob an der richtigen Stelle hätte vielleicht seinen Entschluss verhindert. Ein Lob motiviert und spornt an, fördert die Loyalität.

⁂

Die Kollegin hadert mit dem kleinen Minijob, sie muss an ihre Altersvorsorge denken. Verschiedene Bewerbungen laufen beim Arbeitsamt, eigentlich bräuchte sie eine gut bezahlte Arbeitsstelle, um ihre Sozialversicherung zu verbessern. Sie muss mindestens noch zehn Jahre Vollzeit arbeiten, damit sie später wenigstens ihre Grundrente bekommt. Mit ihrer saisonalen Arbeit am Stand verdient sie zu wenig, um das ganze Jahr über die Runden zu kommen. Nebenbei macht sie Pflege, ganze Nächte hindurch, bei alten Demenzpatienten oder auch bei jüngeren Schwerkranken.
Im Winter ist das Leben billiger in Portugal, rechnet sie sich aus, wenigstens für einen Monat mietet sie dieses Jahr ein Ferienzimmer und fliegt mit ihrem Mann im kältesten Wintermonat in die Wärme, das spart die Heizkosten.

⁂

Die beiden Radfahrer, ein Ehepaar, sind beide noch ganz fit. Über sechzig Kilometer sind sie heute schon geradelt, nun noch diesen Berg hoch, dann sind sie bald zuhause.
Beide haben seit neuestem kleine Elektromotoren an ihren Rädern.

Na ja, damit kann man die Steigung munter schaffen. „Früher musste ich immer oben warten, bis meine Frau endlich angeschnauft kam. Darum kaufte ich ihr ein E-Bike. Aber dann plötzlich war sie immer als Erste oben und musste zuschauen, wie ich das Rad die Hügel hochschob. Seit wir beide motorisiert sind, schaffen wir jeden Berg mühelos und gleichzeitig. Eine feine Sache!"

⁂

Aha, da kommt der Herr Militariasammler mit seiner Frau.
„Wir leben schon dreißig Jahre hier am Bodensee."
„Aber ursprünglich…"
„Ja ursprünglich komm' ich aus Thüringen, hab dann in Berlin gelebt, da ist mein Vater gefallen und ich bin mit meiner Mutter nach Österreich. 45 dann über Dresden zurück, heim ins Reich, verstehnse. Na, und da bin ich dann drei Tage und Nächte mit meiner Mutter in einem Keller verschüttet gewesen als Fünfjähriger… und seither zittre ich, das haben Sie bestimmt schon gemerkt, mal mehr mal weniger. Ja genau, damals am 13. Februar 45, da haben die Alliierten Dresden bombardiert. Da haben sie uns dann nach drei Tagen und Nächten wieder herausgezogen. Nein, Albträume hab ich keine, nur das Zittern."
Man muss sich hüten, vorschnelle Schlüsse zu ziehen. Man darf keinen Menschen zu schnell in eine Schublade stecken. ‚Schäm' Dich', schimpfe ich mich im stillen. Kein Alkoholiker! Das Zittern hat einen ganz anderen, einen ganz schwerwiegenden, tragischen Grund!'

„Wissense, was das Schlimme ist, Deutschland hat keinen Friedensvertrag mit den Amis, auch nicht mit den Engländern oder den Franzosen, nur mit den Russen. Die alle könnten jederzeit wieder Bomben schmeißen, wenn die wollten.
Ich sag Ihnen, ich kenn' mich aus in der Geschichte, ich hab mich mit dem beschäftigt, daher sammle ich auch die Dinge, aus rein historischem Interesse."
„Er hat ein ganzes Zimmer voll davon, zwei Puppen vollständig in Uniform eingekleidet," ergänzt die Frau.
„Ja, mit Originalhelm, Koppel, Gewehr, Uniform alles originalgetreu, Orden dran, sieht toll aus."

❊

„Ist das Geld schon aufgetaucht?" frage ich die Chefin.
„Nein, wir müssen jetzt erst mal den Papierkorb durchsuchen, in den mein Mann Ihre Zettel immer schmeißt."
‚Das ist eine gute Idee', denke ich. ‚Der Zettel muss doch wenigstens noch aufzufinden sein. Das ist der einzige Beweis, dass das Geld an Ort und Stelle angekommen ist. Man sollte sich alles jeden Tag quittieren lassen, dann wäre man auf der sicheren Seite.'
„Ich bin mir absolut sicher, dass das Geld bei Ihnen ist, es muss doch noch irgendwo zum Vorschein kommen!"
„Machen Sie sich nur keine Gedanken, das geht alles in Ordnung, wir finden das."

❊

Es ist Samstag, wie üblich komme ich um 9 Uhr zum Hauptstand.
„Nichts ist da, wir müssen Ihren Stand heute wohl zu lassen," sagt die Chefin. Keine Kirschen, keine Erdbeeren, keine Johannisbeeren, gar nichts. Auch keine Himbeeren... Bei dem Wetter der letzten Tage war auf den Feldern nichts zu holen.
Das ist ja noch gar nie passiert, mein ratloser Blick scheint sie aber auf eine Idee zu bringen: „Sie könnten mir die Blumensträuße zur großen Festhalle bringen, da würden Sie mir eine Sorge abnehmen."
Das mach ich doch gerne, ist mal was anderes. Schnell sind die Blumen verladen, ich mache den Hausmeister ausfindig, der mir beim Ausladen hilft. Heute feiert die Realschule die Schulentlassfeier der 10. Klasse. Der Saal ist festlich geschmückt. Ein paar Schüler sind schon da in Anzug und Schlips, die Mädchen in ihrem Kleinen Schwarzen, das Schulorchester kommt zum Einspielen auf die Bühne und ein Teil der Lehrkräfte steht erwartungsvoll an der Seite und überblickt das von den Eltern aufgebaute Buffet. Da steh' ich nun in Schürze und Arbeitskleidung und stelle meine 13 Blumensträuße in Reih' und Glied auf die Bühne. Wehmut überkommt mich. Wie schön war es immer, die jungen Menschen in ihr Leben zu entlassen, nach allem, was man mit ihnen erlebt hat die Schulzeit hindurch, alle Mühe, alle Arbeit, aller Kampf waren an diesem Tag vergessen und lösten sich auf in Erinnerung und Versöhnung, Hoffnung und Freude. Oftmals waren es zwiespältige Gefühle, aber die festliche Freude überwog. Mein Platz könnte da drüben sein in der Lehrerecke, bei den Kollegen, an denen ich unbe-

achtet vorbei gehe mit meinem Universitätsstudium in der Tasche.
„Kann man Ihnen helfen?", fragt einer. „Nein danke, das ist sowieso die letzte Kiste." Noch einmal zurückschauen, nie mehr werde ich eine Schulentlassfeier erleben.
Auf jedem Stuhl liegt ein Blatt Papier, das die Schüler ausgeteilt haben:
„Ich forme das Leben und das Leben formt mich!"
Das ist doch *die* Frage, wer formt wen am meisten?
Zurück am Hauptstand sagt die Chefin: „Wissen Sie was, Sie könnten mir einen großen Gefallen tun. Da drüben ist ein Bauer, dessen Himbeerfelder zum Selberpflücken geöffnet sind. Ich bräuchte drei Stiegen, ganz dringend..."
Ja doch, ich gehe gerne aufs Feld, ich mach' das.
Aber der Bauer hat heute ein Kind bei der Schulentlassfeier, das Himbeerfeld bleibt heute geschlossen.
„Da wäre noch ein anderer Himbeerbauer, etwas weiter weg", sagt die Chefin.
„Da fahr' ich hin," sage ich.
Freundlich werde ich eingewiesen und bekomme meine Reihe zugeteilt.
Es hat die letzten Tage geregnet, niemand kam zum Pflücken bei diesem Wetter, die meisten Himbeeren liegen auf dem Boden, der dicht übersät ist. Gestern brannte die Sonne mit 36 Grad vom Himmel, die Himbeersträucher neigen sich unter ihrer überreifen Last. Heute ist es noch heißer, die Früchte schmoren am Strauch und ich arbeite in der Mittagshitze wie besessen, bis meine Schalen gefüllt sind. Schatten gibt es nicht, die Ernte schmort auf dem kleinen

Wägelchen, das ich nicht vor der Hitze schützen kann. An vielen Sträuchern hängen Beeren, die zerbröseln, wenn man sie anfasst. Ich weiß schon, dass die Kunden nur heile Beeren wollen, die nicht „matschich“ sind, aber wo soll ich die herkriegen, wenn an jedem Zweig nur eine solche schöne Beere hängt. Wie soll ich drei Steigen damit füllen?
„Sie müssen sie halt heute noch einzuckern“, sagt die Frau an der Kasse.
Im Auto sind es mindestens 50 Grad, da bricht mir der Schweiß aus allen Poren. ‚Bist Du denn ganz bescheuert!!! Was sollen wir morgen am Stand mit gebratenen Himbeeren machen? Das Einzige, was Du damit machen kannst ist Marmelade kochen, und dafür hast Du nun das viele Geld bezahlt, ganz abgesehen von der ganzen Arbeit? Bist Du denn nicht gescheiter? Was wird die Chefin dazu sagen?‘ Und die Himbeeren schmelzen in der Hitze.
Am Hauptstand sucht sich die Kollegin die schönsten aus, alle anderen kann sie nicht verkaufen. Eine Kiste stelle ich ins Kühlhaus, die lese ich morgen aus und verkaufe sie an meinem Stand, eine andere Kiste nehme ich mit nach Hause und friere sie ein und gebe der Chefin das Geld dafür. Die anderen Selbstpflücker hatten schöne Beeren in ihren Kiloeimerchen, die sind übers ganze Feld ausgeströmt und haben sich mal hier, mal da, die besten Beeren herausgesucht. Aber wie hätte ich so drei Kisten vollmachen sollen.
„Jetzt stell’ Dich nicht so an, hör auf zu jammern, es gibt wahrhaftig Schlimmeres,“ sage ich mir.
Ich verstehe aber den Bauern nicht. Wieso baut man ein Riesenfeld Himbeeren an, wenn niemand da ist,

der sie rechtzeitig pflücken kann. Zunächst einmal die Investitionskosten für Pflanzen und Stützen und Netze, dann die Arbeit das ganze Jahr über, das Spritzen, das Mähen, das Schneiden, das Instandhalten der Anlage, dann werden die Früchte reif und niemand kommt, um sie zu ernten! Zwei Drittel des Ertrags vergammeln auf dem Boden und verschimmeln am Stock!

Welch eine Verschwendung, was für eine Vergeudung von Arbeitskraft und Aufwand! Kann sich das immer noch lohnen? So geht es zu in der Natur, sage ich mir, eine Meisenmutter legt 13 Eier und maximal 1 bis 2 Junge überleben, das ist auch Verschwendung von Ressourcen.

Aber diese hier ist menschengemacht, geformt.

Das Motto der Schüler geht mir nicht aus dem Kopf. Gegenwärtig kann ich mich des Gefühls nicht erwehren, dass das Leben mich mehr geformt hat, als ich das Leben.

„Ach was, red' nicht so daher," sagt der Mann zuhause. „Du hast sehr wohl Dein Leben geformt, schau mich an, wie Du mich geformt hast!"

„Ja natürlich," lache ich, „Dich, mein Leben!"

❊

„Endlich, endlich sind die Zwetschgen reif. Jetzt gibt es endlich Zwetschgenknödel!" Ruft der Mann und die Frau gibt das Rezept dazu.

„Das ist ganz einfach. Kartoffeln vom Vortag mit einem Ei und Mehl zu einem Teig kneten, ein bisschen Salz daran, eine Zwetschge umhüllen im siedenden

Salzwasser lassen, bis die Knödel schwimmen. Butter und Semmelbrösel anrösten und darüber geben, mit Vanillesauce – ein Gedicht!"
Auch ein Zwetschgenkuchen wäre wieder mal angesagt, deshalb darf's ruhig mehr sein.

⁂

„Wann wird denn nun endlich diese Umgehungsstraße gebaut, die machen doch schon dreißig Jahre damit herum? Das ist ja nicht auszuhalten bei diesem Lärm an der Straße. Die Leute sind ja wirklich nur zu bedauern."
Es stimmt, der Lärm ist unerträglich.
„Es soll jetzt vorangehen, die Planung ist längst abgeschlossen, es werden noch verschiedene Gutachten eingeholt, bevor es los geht. Die Ornithologen waren schon da und kürzlich erst ein Schmetterlingsmann… ein Entomologe…"
„Oh je, wenn die kommen, dann habt Ihr schon verloren! Da braucht nur ein seltener Grashüpfer herumzuspringen, dann könnt Ihr in den Mond schauen!"

⁂

Martin hat dieses Mal den Pirol! Immerhin gedeiht im naturbelassenen Auenwald am Bach da unten auch noch die Silberweide, die gewiss selten genug geworden ist.
Es gab da einmal eine Frau, die er nicht vergessen kann, als er für ein paar Jahre in Frankreich lebte. Aber sie hat sich dann doch für einen anderen entschie-

den und ihm das Herz gebrochen. In seiner Freizeit vertieft er sich in die französische Literatur und fasst seine Gedanken und Stimmungen in lyrische Worte.
Er ist ledig geblieben und betätigt sich als selbständiger Gutachter für verschiedene Ämter und Behörden. Seit neuestem hat er auch einen Auftrag als Gutachter für einen großen Chemiekonzern.
Eine neue Mäusestudie wird von ihm vorbereitet, um zu überprüfen, ob die von den Bauern ausgebrachten Pestizide und Herbizide die Mäusepopulationen beeinträchtigen.
Leuchtchips sollen an lebendig gefangenen Mäusen angebracht werden, damit deren Lebensbereiche und Bewegungsradien dann nachts mit Infrarotkameras beobachtet und gemessen werden können.
Hierzu muss man aber erst die Mäuschen kriegen und das ist ein schwieriges Unternehmen, denn die sind schlau und gehen nicht in jede Falle!
Da muss ich an Jochen denken, der nicht mehr da ist! Er kannte sich mit den Mäuseartigen aus! Mit Hausmaus, Feldmaus, Waldmaus, Haselmaus, Wühlmaus, mit Haus- und Wanderratte und Bisamratte, aber ebenso mit Marder und Otter... Sein Spitzname war zu Lebzeiten „der Schermauser“ und die Bauern riefen nach ihm, damit er seine Totfallen in ihren Feldern stellte. Lebendfallen stellte er grundsätzlich nicht, nichts sei verwerflicher, als eine Maus in einer Lebendfalle elendiglich zugrunde gehen zu lassen, weil man nicht die Zeit hätte, ständig zu kontrollieren. Mit einer Totfalle hingegen sei das Problem ein für allemal erledigt. Er war auch gegen Gift und Gas, das sei eines Mäusejägers unwürdig!

Nun also geht Martin auf Mäusejagd – mit Lebendfallen.
Olli, ebenso frei und ungebunden, bekommt als Erster seine neuen Gedichte zu lesen und gibt seine trockenen Kommentare dazu ab bei einem Bierchen in der Stammkneipe. Aber Olli ist jetzt krank.
„Es geht ihm nicht gut,“ sagt Martin. „Als hätte ich ihn mit Schrotkugeln gelöchert. Er hat einen Ausschlag.“
„Hat ihn etwas gestochen?“ frage ich, denn auch Olli ist oft in der Natur unterwegs.
„Nein, nein, weiß auch nicht.“
„Sag ihm Grüße von mir und eine gute Besserung!“

*

Die junge Frau bleibt zunächst im Auto sitzen, ihr Mann stellt den Motor nicht ab, wahrscheinlich ist es drinnen kühler, wer trägt auch ein Kopftuch bei so einer Hitze. Ihm läuft das Wasser im Munde zusammen, …Brombeeren, Himbeeren, Heidelbeeren, saftige Äpfel, süße Zwetschgen, frischgebackenes Bauernbrot…, er schluckt trocken, weiß nicht, was er nehmen soll. Er winkt ihr und sie steht genauso ratlos vor meiner Auslage.
„Kommen Sie, probieren Sie…“
„Nein, nein, wir fasten…“ Sie heben beide abwehrend die Hände.
„Ach so, es ist Ramadan…, ab wann dürfen Sie denn heute essen?“
„Wir haben angefangen um 4:30 und geht bis heute Abend halb zehn.“

„Ohne zu essen und zu trinken, oh Sie Arme, bei dieser Hitze nichts zu trinken den ganzen Tag…“ Ich schlage die Hände über dem Kopf zusammen.
Er ist bleich und in seinen Mundwinkeln haben sich weiße Schaumpfröpfchen gebildet, die er mit seiner Zungenspitze wegzuwischen versucht.
„Gott hat uns geschenkt ganze Welt, …alles kommt von Gott …, da können wir geben auch Gott etwas zurück und fasten, ist ein Geschenk an Gott. Wir fasten. Das ist gutt.“
Er lächelt matt mit rissigen Lippen, seine Spucke zieht Fäden. Körper und Geist müssen völlig ausgetrocknet sein, aber seine Augen glühen. Ist das Gottesliebe oder Fanatismus, frage ich mich, wo ist die Grenze?
Was gehört dazu, einen Monat lang, im Sommer bei Hitze und Trockenheit diese Strapazen auf sich zu nehmen? Solange die Sonne scheint, nichts essen, nichts trinken. Dazu die Abstinenz von Tabak, Alkohol und Sex!
Die Nächte sind kurz im Ramadan.
Morgens um drei stehen die Frauen auf, um ein üppiges Frühstück herzurichten und abends bei Sonnenuntergang, um halb zehn beginnt das Fastenbrechen, Iftar genannt, eine ausschweifende Abendmahlzeit, an der auch die Armen teilnehmen sollen. Immerhin ist der Fastenmonat auch eine Zeit der guten Werke, in der mit wohltätigen Gaben und guten Werken Gottes Nähe gesucht wird. Der Glaube hilft, die Mühen erträglich zu machen.
Neuerdings soll es auch eine amerikanische Pille geben, dank derer man Hunger und Durst nicht spüren soll.

Mein Stand ist übervoll beladen mit den herrlichsten Früchten der Jahreszeit, die Türken kaufen in der Vorfreude auf das abendliche Essen ein, um wenigstens nachts, wenn die Sonne nicht scheint, ihre menschlichen Bedürfnisse zu stillen.
Ist ihnen doch so wichtig, der Ramadan, wundere ich mich. So fromm und gottesfürchtig sind sie, reden von Gottesliebe und manche sind doch voller Menschenhass, wie passt das zusammen? Sie ziehen in den Dschihad, schneiden anderen Leuten die Köpfe ab und schießen mit ihren Kalaschnikovs unschuldige Menschen tot und kein Mullah regt sich darüber auf. Zum Glück sind nicht alle so.
„Und wie viele Menschen sind im Laufe der Geschichte durch Christenhand ebenfalls im Namen Gottes ums Leben gekommen? Das muss-ste erst mal richtig objektiv sehen, bevor Du ein Urteil fällst." Das würde Olli sagen, wenn er hier wäre.
„Trotzdem, wir leben ja nicht mehr im Mittelalter, es gab doch schließlich einmal eine Zeit der Aufklärung."
„Die Aufklärung ist auch bei uns noch nicht überall angekommen." Würde Olli sagen.

*

Das Wetter ist umgeschlagen. Es scheint, als würde ein kühler Herbst Einzug halten. Die Radtouristen kommen mit durchweichten Regenjacken fast blind vor Nässe und bibbernd vor Kälte herangefahren und suchen etwas Schutz. Schon seit Tagen fallen die Temperaturen und haben sich auf einem Niveau eingependelt, das einen ganz und gar frühen, ungemütlichen Herbst ankündigt.

Und das am Bodensee, im Süden Deutschlands! In Überlingen wachsen die Palmen an der Uferpromenade, auf der Mainau Bananen und Orangen! Und nun diese kalten verregneten Spätsommerwochen. Da sollte man doch nächstes Jahr lieber gleich nach Spanien oder Italien reisen.
Manchen Wohnmobil-Insassen macht jedoch das Wetter nichts aus.
„Wir können heizen. Na, dann liest man eben ein gutes Buch und genießt den ganz anderen Charme des Bodensees eben einmal so."

*

Die Männer gehen segeln. Eine Woche Regatta auf dem Bodensee und das bei diesem Regenwetter! Das sei immer noch nicht so schlimm wie bei 40 Grad und totaler Flaute, da käme man keinen Meter voran.
„Aber immerhin kann man doch mal schnell ins Wasser hüpfen und sich abkühlen?"
„Das kann man auch bei Regenwetter, da ist das Wasser wunderbar, so richtig wie in der Badewanne und wenn der Regen auf den See platscht, dann macht das Schwimmen erst recht Spaß."
Zwei- bis dreimal am Tag schaut Heiner herein.
„Soso, läuft das Geschäft?" „Hei, hast Du schöne Ware!" oder „Alles muss raus!"
Immer hat er ein Lächeln auf dem Gesicht, immer ein aufmunterndes Wort bereit.
Morgens bei meiner Ankunft hatte ein Beamter der Stadt hinter einer meiner Kisten neben meinem Stand eine Radarfalle aufgebaut.

Innerhalb von zwei Stunden verzeichnete er fünfundachtzig Autofahrer mit z.T. erheblichen Geschwindigkeitsüberschreitungen, manche überholen innerorts, das kommt teuer… und ist gut fürs Stadtsäckel!
„10 Prozent davon, und Sie könnten mit Ihrer Frau ins Fünf-Sterne-Hotel zum Essen gehen“, sage ich zu Heiner.
„Von wegen Essen gehen, ich hatte uns zu ihrem Geburtstag im „Adler“ angemeldet, aber ich musste absagen, es geht so nicht mit ihr.“
Ich erinnere mich. Auch letztes Jahr wollte er sie zum Essen einladen, damals konnte sie wegen eines Bandscheibenvorfalls nicht gehen. Im Jahr zuvor kam sie ab und zu noch zu mir herunter, saß auf dem Stuhl bei der Kasse, klagte auch seinerzeit schon über gesundheitliche Probleme und machte den Eindruck, als leide sie am ganzen Leben.
Auch Heiner geht es manchmal richtig schlecht, aber er lässt sich nichts anmerken.
Seine Nachbarin plaudert manches Mal mit ihm über den Gartenzaun, so auch gestern:
„Na, gräbst Du wieder nach Gold?“
„Oje,“ er wischte sich über die Stirn, „heute geht es mir gar nicht so gut.“
„Geh doch jetzt endlich zum Arzt!“
„Solange es der Frau nicht besser geht, kann ich doch nicht auch noch krank werden.“

*

„Das Geld ist wieder da!“ Tatsächlich musste also doch der Chef beim Verbuchen einen Fehler gemacht haben.

Die Kolleginnen vom Hauptstand kennen sich gut untereinander, sie sind immer bestens informiert über alles, was am Hof geschieht, wann Marmelade gekocht wird, wann Käse geliefert wird, warum immer noch kein Schnaps da ist, wann eine betriebliche Steuerprüfung durchgeführt wurde, wie die Chefin drauf ist.

Manchmal herrscht dicke Luft oben am Hof, da liegen die Nerven blank und der Umgangston wird rauer.

Joseph, der Fahrer mit polnischem Akzent, der mit seinem Lastwagen die verschiedenen Stände versorgt, ist erschüttert:

„Chef schon schimpft morgens um halb sieben. Ist nicht gutt! Morgens Du stehsch auf, machsch Du so!“ Er schlägt die Augen nieder und bekreuzigt sich fromm. „Und dann, machsch Du Arbeit. Aber Chefin ist goldene Frau, goldene Frau!“

Wir laden gemeinsam die Kisten aus, Bohnen, Tomaten, Zwetschgen…

Da sind nun endlich die Äpfel, neue Ernte, knackig, saftig, sauer oder süß, je nach Sorte, so wie die Leute sie wünschen! Den ganzen Sommer lang hat man sich gedulden müssen!

Das große Schild muss nun schnellstens hinaus an die Straße: „Obst vom Bodensee – neue Ernte“! Heiner hilft mir, die Tafel zu befestigen. Sobald sie draußen steht, geht hier der Betrieb erst richtig los. Alle Welt hat sehnlichst auf die neuen Äpfel gewartet und nun stehen endlich die Kisten duftend im Laden!

„Nix so schnell, nix so schnell!“ ruft Joseph, „Ich nix bin Chef! Ich heiße Schugalla.“

„Das hört sich litauisch an?“

„Ich nix litauisch, ich deutsch! Schugalla is deutsche Name!“
Er ist nass geschwitzt, sein Handy klingelt, schon wird er am nächsten Stand erwartet.

❋

Vor zwanzig Jahren, als noch niemand das Zauberwort der Direktvermarktung kannte, hatte man am Hof begonnen, die hauseigenen Waren an verschiedenen Marktständen anzubieten und festgestellt, dass dies eine zukunftsweisende Methode des Überlebens von landwirtschaftlichen Betrieben sein könnte. Gute Ideen finden schnell ihre Nachahmer: Inzwischen haben die größeren Betriebe alle einen lukrativen Hofladen und machen sich gegenseitig durch ihre Konkurrenz das Leben schwer.
„Wenn ich nochmals entscheiden müsste, würde ich etwas komplett anderes machen im Leben,“ sagt der Chef. „Nie mehr Landwirt!“
Das zu glauben fällt mir allerdings schwer. Schon als Kind konnte er sich keinen anderen Beruf vorstellen, hatte er mir früher einmal eingestanden. Durch Fleiß und Tüchtigkeit haben die beiden Eheleute es zu einem stattlichen Betrieb gebracht. Er kümmert sich um die Felder, sie um den Verkauf, weshalb sollte es daran etwas zu bereuen oder zu ändern geben.
„Die Globalisierung ist unser Untergang! Letztes Jahr musste ich tonnenweise Mostobst unter den Bäumen verfaulen lassen. Für 6 Cent kann ich meine Polen nicht bezahlen. Gib mir 10 Cent und ich liefere Dir das Obst frei Haus, hab ich zu dem Mostereibesitzer

gesagt, das Obst wächst hier vor Ort, da brauchst Du kein Mostobst aus dem Ausland herfahren zu lassen. 10 kann ich Dir nicht geben. Also gut, dann bleibt es eben liegen. Bis in den späten Winter hinein bringen die Container das Mostobst aus Rumänien über tausende von Kilometern und hier verrottet das Obst, weil er mir keine 10 Cent geben will! Genauso wird das Schlachtvieh lebend quer durch Europa gekarrt und danach wiederum als Totfleisch zum Verwursten. Das ist die Globalisierung!"

❊

„Hallo Ingrid, na, warst Du wieder bei der Massage?"
„Ja ja, der Rücken. Im Moment geht es mir nicht so gut. Ich werde nächste Woche operiert, sie sagen ein Myom…"
„Ach! – Aber das ist ja für die Ärzte eine Routinesache. Vielleicht machen sie nicht mal einen Bauchschnitt. Jetzt mach Dir mal keine Sorgen."
„Ist halt ein blödes Gefühl und ein bisschen Angst ist immer dabei." Sie wendet sich zum Gehen.
„Ich weiß schon… mach's gut, ich ruf Dich an."
Da dreht sie sich um und lacht:
„Es ist halt so schön auf der Welt, ich würde schon gerne noch etwas da bleiben."
„Nicht immer gleich das Schlimmste befürchten, immer positiv in die Zukunft schauen, wirst sehen, das geht in Ordnung!"

❊

Autokennzeichen QLB, woher kommt der denn? Stürmt herbei, obwohl ich im Gespräch bin, ruft er rücksichtslos dazwischen. „Haben Sie Kirschen?“ „Nein, die sind schon längst vom Baum.“ Haben Sie Aprikosen?“ „Leider nein.“

Aber der Einkauf der jungen Frau, die ich gerade bediene, zieht sich in die Länge, ungeduldig geht der Mann in langen Schritten vor dem Stand auf und ab. Ich rechne die Liste der Frau zusammen und kassiere. Gebe das Rückgeld heraus.

„Mama“, ruft das kleine Mädchen und steigt aus dem Auto, „der Mann, der da gerade wegfährt, hat sich die ganzen Hosen voll gemacht.“

„Was hat er gemacht?“

„Ja, voll mit Pflaumen!“

„Von welchen hat er denn genommen?“ frage ich entrüstet.

„Von denen, er hat immer so gemacht.“ Das Kind fährt mit der Hand mehrmals eifrig in die Hosentasche.

Natürlich nimmt einer, der klaut, nur das Beste: die saftigen zuckersüßen Riesenpflaumen! Ich hoffe, er hat einen schönen Fleck in seiner prallgefüllten Hose. Das war eine Gratis-Lektion im Fach Ladendiebstahl für die vier Kinder, die alles beobachtet haben. Am besten lernt man Ehrlichkeit im Anschauungsunterricht.

*

„Ein Kilo Zwetschgen, bitte! Das wird eine Pflaumensuppe.“ Ein blondes junges Mädchen mit Brille möchte heute Abend noch Pflaumensuppe kochen.

„Wie geht denn eine Pflaumensuppe, davon hab ich ja noch nie gehört", frage ich, während ich die Tüte fülle. „Das Rezept stammt von meiner Oma, die kommt aus Ostpreußen. Man kocht die Pflaumen mit Zimt und Zucker und macht aus Mehl, Milch und Eiern einen flüssigen Teig. Diesen lässt man dann in die kochende Suppe einlaufen."

Muss ich doch mal ausprobieren, unsere zwei Zwetschgenbäume im Garten hängen brechend voll. In Norddeutschland gibt es ein ähnliches Rezept mit Holunderbeeren. Die Mehlklößchen nennen sie dort Klütchen, diese werden aber mit dem Löffel von der etwas festeren Teigmasse abgestochen.

❊

Da kommt Martin: „Hab Dir was", ruft er von weitem.

Aus Wolkensäumen
perlen Kaskaden von Licht
in purpurne Säle
herab.
Fliederbläue fließt
vom Horizont
ins ruhende Narzissental.
Tief drunten schon
längen sich Schatten
wandelbar.
Noch steht der Holunder
mondsteingekrönt.

„Martin, Du solltest versuchen, einen Verlag zu finden."
„Wer hat heutzutage schon etwas mit Lyrik am Hut? Krimis sind angesagt und Sex natürlich. Da ist kein Platz für solche Träumer wie mich. Ich passe nirgends ins Programm! Das Wichtigste ist: Du musst ins Programm passen, um zu überleben. So ist das."
„Oder mache doch mal eine Lesung." –
„Ffft, Lesung, will doch keiner oder meinst Du, ich soll hausieren gehen?"
„Wie geht es Olli? Warst Du mal bei ihm?"
„Nee, sieht so aus, als käme er bald nach Hause…"

❊

Ein älteres Ehepaar hat seit langem wieder einmal einen Ausflug an den Bodensee gemacht. Schönes Wetter war und einen guten Tag hatten sie. Er und sie decken sich getrennt mit den verschiedensten Früchten ein.
„Geht alles zusammen?" frage ich.
„Ja ja, rechnen Sie alles zusammen, da wo das hingeht, kriegen wir doch kein Geld!" antwortet der Mann schmunzelnd.
„Lassen Sie mich raten, die Sachen sind für Ihren Sohn oder Ihre Tochter bestimmt," zwinkere ich zurück.
Schallendes Gelächter.
„Da heißt es höchstens, Mensch, Mama, super! Danke! Das hätte es doch nicht gebraucht…." lacht die Frau.
Wiederum schallendes Gelächter.
Man will den Jungen schließlich doch auch mal was Gutes tun.

❊

Ein Auto rollt langsam heran. Der Fahrer scheint gebrechlich zu sein und braucht eine Weile, bis er ausgestiegen ist.
„Will zu Heiner, der kann dengeln."
O ja, der Heiner kann alles.
„Mein Bruder, er wohnt da oben, eine Straße weiter, sagt mir, bring ihm deine Sensen, der kann dengeln. Dengeln ist eine Kunst, das kann heutzutage nicht mehr jeder. Man darf das Blatt nicht zu dünn dengeln. Ich kann's ja auch, aber ich hab in der Stadt zwei Häuser und Ländereien, die ich versorgen muss, da fehlt mir einfach die Zeit."
Heiner hat wahrscheinlich Zeit, er hat ja keine Landwirtschaft mehr, nur noch seinen Garten und seine kranke Frau.
„Ja ja, wir waren sechs zuhause. Der Älteste ist schon 81. Ja ja ...
Ich muss schon mal daran denken, wenn man mal abtreten muss, oh nein, das schieb' ich weg, man muss nach vorne schauen, positiv denken.
Wenn ich Sie da so sehe, so hübsch angezogen und so schöne Sachen...."
Ich: „Na ja, so hübsch nun auch wieder nicht, zum Schaffen halt."
Er fasst mir mit beiden Händen rechts und links an den Blusenkragen: „Das ist doch so ein hübsches Blüschen, na, was ich sagen wollte: Wenn ich Sie da so sehe, mitten in ihrem schönen Obst, dann muss ich sagen, das ist doch das echte, pure Leben, da *muss* man doch nach vorne schauen. Nein, nein, was einem nicht gut tut, muss man hinter sich lassen." Mit seinen Händen schiebt er einen unsichtbaren Berg hinter seinen Rücken.

„Jaja, dann habe ich noch vier andere Geschwister. Ich bin der Jüngste, bin auch schon 75, aber alle leben noch. Ja ja, man muss das Leben genießen, dieses Jahr gibt es doch von allem im Überfluss und lauter gute Sachen."
Dann geht er zum Heiner. So wie ich Heiner einschätze, sagt er nicht nein. Er wird ihm die Sense dengeln. Wie er alles macht, kocht und putzt, den Garten pflegt, die Enkelkinder hütet, seine Söhne zur Arbeit bringt und wieder abholt, Birnen und Mirabellen erntet und sie auch gleich einkocht und seine Frau pflegt mit ihrem kranken Herzen, ihrem von den Medikamenten zerfressenen Magen, ihrem Zucker und ihren geschwollenen roten Füßen, die sie den ganzen Tag nach oben legen muss, weil sie "aufgegangen" sind. Sicher wird er auch die Sensen dengeln.

*

Ein holländisches Ehepaar stellt seine Räder ab. Die Frau kann sich kaum mehr auf den Beinen halten und wankt zu mir in den Schatten und wischt sich den Schweiß aus dem Nacken.
„Haben Sie uns was zu trinken?"
„Nein, nichts Alkoholfreies, nur Wein und Secco, da vorne wäre aber die Quelle mit frischem Wasser," da fällt mir meine Thermoskanne mit heißem Kaffee ein, den kann ich ihr anbieten, wahrscheinlich ist das jetzt sowieso das Beste für ihren Kreislauf. Auch ein Tütchen Zucker ist noch da und zwei Äpfel lindern erst mal den gröbsten Durst. Im nächsten Dorf können sie sich mit Getränken eindecken und bis zum See

ist es nicht mehr weit, dort können sie sich abkühlen. Aber das schaffen sie wohl heute nicht mehr. In Holland sei das Land flach und hier gehe es andauernd bergauf-bergab. Das seien sie nicht gewöhnt, sie wollten schnellstens zurück zu ihrem Wohnmobil. Überschwänglich bedanken sie sich für meine Wohltätigkeit: „Sie sind so freundlich!“ Den Kaffee und die Äpfel wollen sie unbedingt bezahlen, viel zu viel, … nein nein, das ist o.k.
Mit der kleinen Stärkung werden sie wohl ihr Quartier wohlbehalten erreichen, obwohl der Weg zum Dorf hinaus gewaltig ansteigt, schieben ist angesagt.

*

Sieh einer an, nochmals ein schwitzender Fahrradfahrer.
„Wir kommen ja nun ins Alter, wo man einander nicht mehr so tief in die Augen schaut,“ ruft er von der Straße her, stellt sein Fahrrad auf die Stütze und nimmt seine Brille ab. Er kommt heran und sein Blick zielt aufdringlich mitten in meine Pupillen.
„Soll ich Ihnen mal einen Witz erzählen? Wie heißt ein Spanier ohne Auto? – Carlos.“
Toll.
Es pressiert. Ein Auto hält an.

*

Eine Dame beehrt mich am Stand! Sie berichtet von ihrem Urlaub, aus dem sie soeben zurück gekommen ist. Die Franzosen essen zum Frühstück nur Weißbrot

und Marmelade. Dazu stippen sie das mit Butter bestrichene Brot noch in ihren Café au lait, hängen den Kopf über den „bol“ – das sind ihre großen bunten Frühstückstassen ohne Henkel, und schlürfen und schmatzen mit Genuss. Kein Käse, keine Wurst, kein Müsli, Obst schon gleich gar nicht am Frühstücksbuffet, gerade mal ein paar billige Joghurts. Das war also schon mager! Die Unterkunft eine Art Jugendherberge in einem früheren Kloster, in einem Tal weitab von der Stadt. Das Zimmer auch nicht so sehr feudal, der Schrank alt und aus den Fugen, na ja, immerhin waren die Betten sauber und die Matratzen so, dass man wenigstens gut schlafen konnte. Aber diese alten, knarrenden Fußbodendielen! Und im Bad war der Duschvorhang an einer Schlaufe ausgerissen, immerhin gab es heißes Wasser. Nie mehr nach Frankreich, das war ihr aber eine Lehre.
Ich für meinen Teil finde, dass knarrende Dielen in einem alten Kloster und ein stilles Tal eigentlich ganz romantisch sein können. Es kommt eben darauf an, aus welcher Perspektive man das sieht.
Mein Frankreich, das ich so sehr liebe, hat dabei so viel Herrliches zu bieten und birgt so viele Schätze. Aber es verschenkt sie halt nur an die, die sie auch zu sehen vermögen. Das kleine Frühstück stört mich persönlich nicht im Land der kulinarischen Hochgenüsse!
Also, das ist sicher, nie mehr Frankreich mit seinem kümmerlichen Frühstück und dieser Bruchbude mit diesem alten Eichenschrank.
„Ach ja,“ seufze ich, „einen schönen Tag noch....“

*

„Was ist denn los mit unserem alten Nachbarn, der immer anschreiben lässt? Er war schon seit etlicher Zeit nicht mehr da."
„Weiß auch nicht recht... man hat ihn ins Heim gesteckt. Erst hat man ihn gebraucht, dann hat man ihn fort getan," antwortet Heiner auf meine Frage. „Es ist wie es ist, und es kommt, wie es kommt." Kein Wort mehr darüber, er hebt ratlos die Schultern.

⁂

Ein gut gekleidetes Ehepaar, feudale Karosse mit Schweizer Nummer aus Bern. Pro forma kauft sie ein bisschen Obst, bringt es ins Auto und beide kommen an mit einem riesigen Paket. Dann stellt sich heraus, weshalb sie hier Halt gemacht haben.
„Gute Frau, wir hätten da was für Sie. Wunderbare Schafwolldecken, eine Winterseite, eine Sommerseite, da fassen Sie an, würden wir Ihnen für wenig Geld dalassen. Eine verkaufen wir Ihnen, die andere schenken wir Ihnen."
Ich fange an zu lachen, wer denkt bei diesem Sommerwetter schon an warme Schaffelldecken. „Nein nein, ich bin eingedeckt, wir frieren nicht."
„Na dann für die Kinder!" – „Die haben auch schon alles." – „Gute Frau, so eine Decke kostet regulär 1398 Euro, ich gebe sie Ihnen für dreihundert." Beide, Mann und Frau nehmen mich in die Zange. „Sie machen den Fehler ihres Lebens," droht mir die Frau. „Ich nehme ein paar Gläser Marmelade mit und Sie nehmen die Decke, wir verrechnen das dann", sagt sie, holt einige Gläser unserer guten Erdbeer- und

Himbeermarmelade aus dem Regal und baut sie vor mir auf.
„Das geht überhaupt nicht", protestiere ich, „selbst wenn ich wollte, ich habe gar kein Geld dabei!"
„Dann machen Sie mal einen Kassensturz," der Mann nähert sich meiner Kasse.
„Die Kasse wird nicht angerührt!" wehre ich ab, „das ist nicht mein Geld, da wird kein Cent heraus geholt!"
„Dann tun Sie das später wieder hinein."
„Von wegen! Kommt nicht in Frage!"
Nun kommt er auf die weinerliche Tour. Dass er mich nur nicht anfasst, denke ich.
„Gute Frau, wir müssen doch bald über die Grenze, die filzen mich, dann müssen wir alles verzollen, da legen wir ja noch drauf. Helfen Sie uns, seien Sie doch nicht so…!"
„Wir sind doch Handelsleut, helfen Sie uns", sagt die Frau. „Sie handeln doch auch, Sie wissen doch, wie das ist. Die Decken müssen weg, wir können sie nicht mehr mit zurück nehmen. 300 Euro, das ist doch kein Geld!"
„Für mich aber schon!"
Die Frau wird ungeduldig und unwirsch, schaut taxierend an mir herunter und zischt: „Gute Frau, Sie haben Geld! Allein Ihre Schuhe haben mindestens 150 Euro gekostet!" Ich bin einfach nur sprachlos. Eine Unverschämtheit, mir vorzurechnen, was meine Schuhe kosten.
„Wir wohnen doch in der Schweiz, sehen Sie da:" Der Mann wedelt mir mit einem Ausweis vor der Nase herum. „Die Schweizer spinnen mit ihrem Zoll, die kassieren ab, wenn wir mit den Decken ankommen…", jammert er in weinerlichem Ton. „Helfen Sie uns, gute Frau, wir sind arme Handelsleut'."

„Dann packen Sie doch die Decken einfach aus und setzen Sie sich drauf, dann sind sie gebraucht, ich jedenfalls brauche sie nicht und habe kein Geld, um sie zu bezahlen."

„Ich schenke Sie Ihnen, schaun Sie mal, für 80 Euro und die zweite lege ich Ihnen dazu. So...."

„Nein, das geht ja überhaupt nicht! Selbst wenn ich die Decken jetzt wirklich bräuchte, hätte ich bei diesem Handel das Gefühl, ich hätte Sie über den Tisch gezogen. Ich kaufe Ihnen keine zwei Decken für 80 Euro ab, die zusammen 3000 Euro wert sein sollen, wofür halten Sie mich! Oh nein, tut mir leid."

Der Mann gibt auf, schnappt etliche Gläser Marmelade, lässt mich zusammenrechnen, 12,70! Die Frau ist ohne Gruß samt Decken verschwunden.

„Da, nehmen Sie die 10 Euro, dann sind wir quitt." Er drückt mir einen 10-Euroschein in die Hand und läuft davon.

„Halten Sie mal, langsam, halt..." ich renne hinterher, aber er schlägt die Tür zu und lässt den Motor aufheulen.

Innerlich bebe ich. Der nächste Kunde rät mir, sogleich die Polizei zu benachrichtigen.

Sie haben mich um 2,70 betrogen. Aber in der Kasse fehlt sonst kein Geld. Glück gehabt... mit den „armen Handelsleut'".

Meine Schuhe habe ich in Frankreich gekauft, günstig, in einem „Fair-Kaufladen" der Emmaus-Brüder, aber sie sind aus echtem Leder und wie neu. Das geht doch niemanden etwas an.

*

Wortlos reicht Martin mir die Hand, das hat er noch nie getan. In der anderen sein neuestes Gedicht:

Dies ist ein Abschied,
der die Welten teilt.
Auszuloten
deinen Weg,
mit meinem Blick
Stolz und Demut
zu vermessen.
Undenkbar weit gesteckt
ist nun der Raum
von Trost und Trauer.
Du trittst in dein seidenes Haus.
Ich aber
werfe meine Worte
in die Schluchten der Stille.

Olli ist gestorben. Sie haben ihn im Krankenhaus behalten. Niemand weiß genau, was er hatte, eine Art von Lymphdrüsenkrebs, oder so was.
Lastkraftwagen donnern vorbei, dröhnen in die tiefe Trauer. Wir stehen sprachlos und denken an Olli. Martin weiß auch nichts mehr zu sagen.
Schließlich wendet er sich zum Gehen:
„Der Olli fehlt mir halt so, ich hab ja nun keinen mehr zum Reden."

❊

„Wo kriegt man hier denn Zuckerrüben? Ich brauche nur ein Stück. Haben Sie keine?"

„Tut mir leid, leider nein. Aber wofür brauchen Sie denn eine Zuckerrübe?"
„Tja, ich bin nun schon so alt. Und im Krieg hat unsere Mutter in den Zeiten, als es gar nichts gab, Zuckerrübenscheiben in der Pfanne angebraten. Das war für uns Kinder ein Hochgenuss, das ist der Geschmack meiner Kindheit. Das war für uns ein Fest, wenn es gebratene Zuckerrübe gab. Wir hatten doch nichts zu essen und Süßes gab es sowieso nicht. Was meinen Sie, wie wir uns als Kinder damals über so eine Zuckerrübe gefreut haben! Einmal noch möchte ich das probieren. Ich habe das seither nie mehr gegessen. Und ich möchte doch nochmal erleben, was dieser Geschmack für Gefühle in mir auslöst. Ich erinnere mich noch genau daran, was das früher für ein Hochgenuss war."
Ich weiß nicht, welcher Bauer hier am See Zuckerrüben anbaut. Wir leben hier in einem reinen Obst- und Weinbaugebiet. Ich will die Augen offenhalten und das Rezept selber ausprobieren, sobald ich irgendwoher eine Zuckerrübe bekomme.
Aber wahrscheinlich ist unser Gaumen heutzutage etwas zu verwöhnt für solche rustikalen Süßspeisen.

❊

„Endlich gibt es den Idared. Einen anderen Apfel will ich nicht. Ich hab ein Rezept für einen Apfelkuchen, köstlich, sag ich Ihnen, aber dazu nehm' ich nur den Idared!"
„Der Boskoop ist aber doch auch ein toller Kuchenapfel," werfe ich ein, „und es gibt ja so viele andere Sorten, warum gerade der Idared?"

„Weil der der Beste ist. Sie müssen mal sehen, ich bringe Ihnen das Rezept vorbei, probieren sie das mal aus, aber nur mit dem Idared!“ lacht sie und schnappt sich eine große 5-kg Tüte.

*

„Wie geht es denn Ihrer Frau, ich muss so oft an sie denken?“
„Sie wird wohl um einen Prozess nicht herumkommen. Man hat ihr fristlos gekündigt, ich sage Ihnen, sie hat sich nichts zuschulden kommen lassen. Sie hatte ja mit ihrem Chef ein Gespräch und hat sich über die Mobbingvorfälle beklagt. Sie war dahinter gekommen, dass die gesamten Dateien für die PCs der Kollegen freigegeben waren, sodass diese unbemerkt Zugriff darauf hatten. Das hat sie alles im Laufe der Zeit herausgefunden und auch dem Chef mitgeteilt. Wissen Sie, was der ihr geantwortet hat: ‚Wie soll ich das denn anders machen? Man muss ja mit solchen Methoden arbeiten, damit man die Stellen freibekommt. Lesen Sie nur mal die Kündigungsschutzgesetze! Wenn es nach denen geht, kriegt man ja keinen Mitarbeiter hinaus aus dem Betrieb, das ist ja eine Katastrophe.... Was bleibt einem da als Chef denn anderes übrig...!‘ Meine Frau war völlig fertig. Jetzt wusste sie also, dass ihre Stelle frei werden sollte. Sie hat sich an einen Rechtsanwalt gewandt. Der Arzt hat sie krankgeschrieben. Sie ist nur noch ein Nervenwrack, es ist nicht mehr auszuhalten. Und die sauberen Bürokollegen haben sich total von ihr zurückgezogen und schneiden sie. Sie hat das Gefühl, die ganze Welt arbeitet gegen sie,

sie steht da ganz allein. Das Schlimmste ist, niemand glaubt ihr und sie fängt selber an, an ihrem Verstand zu zweifeln. So kann es nicht mehr weitergehen. Aber hoffen wir mal das Beste."
„Was ist denn das für ein Chef?!!"
„Tja, das ist ein hochangesehener Herr, alle paar Wochen gibt er ein Interview im Fernsehen und spielt den feinen Macker, der kriegt wohl irgendwann nochmal das Bundesverdienstkreuz oder den Nobelpreis für seine Krebsforschung!"

*

Die Kinder wollen nicht aussteigen und auch der Mann nicht, er tippt auf seinem Handy, während in voller Lautstärke das Autoradio plärrt. Sie war schon öfters da, mit der Zeit lernt man sich kennen. Sie arbeitet als Putzfrau in einem Labor. Hatte gehofft, bei einem deutschen Mann ihr Glück zu finden, als sie vor ein paar Jahren mit den beiden Kindern aus Thailand kam. Zierlich und biegsam sind ihre Hände, nicht die Hände einer Putzfrau sondern einer Tempeltänzerin mit geschmeidigen, feingliedrigen Fingern, die sie in einem zarten Bogen nach oben auseinander spreizt und vor ihrer Brust und ihrem Mund zu symbolisch-kultischen Gesten formt. Das hat sie schon als Kind gelernt, damals in der Schule, zuhause. Aber heute weint sie.
„Wassol ik sahen, Malee Herz tu so weh…" Dann wischt sie sich verschämt die Augen aus.
Malee hat es schwer in Deutschland. Die Männer und das Leben sind hart zu ihr. Sie sucht nach Liebe und kann sie nicht finden.

Eindeutig. Ihre Kopf- und Magenschmerzen, Appetitlosigkeit, Regel-, Glieder- und Herzschmerzen, zahllose Erkältungen mit Schnupfen, Husten und Fieber, all das sind die körperlichen Symptome ihrer Seelenpein.
„Ik wai nik, wassol ik mahen. Mai Seele drinnen is tot. Imma Malee mut wainen, Seele imma traurich. Mann nik gut."
Ich nehme sie in den Arm und drücke sie, mehr kann ich nicht für sie tun.

*

„Sonst kaufe ich ja nur Demeter-Ware!" Die nicht mehr ganz junge Dame steht in wallendem, knöchellangem Baumwollkleid vor meinen Auslagen. Ihre Füße stecken in flachen Lederriemchen-Sandalen, den gläsernen Hals ziert eine honiggelbe Bernsteinkette, ebenso das schmale Handgelenk. Ihre glatten Haare hat sie im Nacken straff zusammen gefasst, was ihrem ovalen Gesicht eine gewisse Strenge verleiht. Das dunkle Lila ihres Kleides bildet einen hübschen Kontrast zum grauen Haar.
„Früher, als ich noch jung war, habe ich mal auf einem Demeterhof gearbeitet, aushilfsweise, da hat der Bauer am Ende des Feldes ein Kuhhorn vergraben. Das war gefüllt mit allerlei Kräutern und blieb ein ganzes Jahr in der Erde. Dann wurde es wieder ausgebuddelt und die Kräuter in einen großen Wasserbottich gerührt. Eine Stunde lang links herum und eine Stunde lang rechts herum, das war meine Aufgabe. Ich erinnere mich noch gut an das lange Rühren, es war ganz wichtig, dass man immer in dieselbe Richtung

rührte, eine Stunde so rum, eine Stunde anders rum, aber was genau in dem Kuhhorn war, weiß ich nicht mehr. Mir hat das damals niemand erklärt. Wissen Sie, was man da reintut?"

Nein, noch nie davon gehört, das macht man am Rosenhof nicht....

„Und nach dem Rühren wurde das Wasser ganz fein auf dem Feld versprüht. Das soll gut sein für das Vieh..."

Vielleicht muss man nur daran glauben.

Die Dame kauft ein bisschen Obst, es ist noch nie mit Kräutern aus einem Kuhhorn in Berührung gekommen.

Bernstein soll ja auch für etwas gut sein. Die Nachbarin legt sogar ihren Haustieren eine Bernsteinkette um. Durch die Reibung am Hunde- oder Katzenfell entsteht eine elektrische Aufladung, diese energetischen Schwingungen werden von Zecken und Flöhen gemieden, sagt sie.

Kleinen Kindern soll ein Bernsteinkettchen das Zahnen erleichtern.

Überhaupt – die Steine!

Heilsteine mit Zauberwirkung auf Körper, Geist und Seele sollen ja in vielen Hochkulturen vergangener Zeiten eine Rolle gespielt haben.

Und wie sieht das heute aus? „Emotionale Spannungen sowie Ängste vor Neuem und Unbekanntem werden durch diesen Stein abgebaut." Habe nachgeschaut im Internet unter „Mondstein", denn ich wusste nicht, wie ein Mondstein aussieht.

Dort heißt es also: „Ihrem Träger verleihen Apachentränen die Fähigkeit kommende Gefahren zu erken-

nen, künftige Situationen zu erahnen, ja sogar in die Zukunft zu sehen. Sie verwandeln Depressionen und Zukunftsängste in Optimismus und mehr Lebensfreude." Dann trägst Du den Mondstein um den Hals wie ein Apache und glaubst einfach mal daran. Zum Schaden kann das ja nicht sein.
Wie lobe ich mir da die Kette aus bunten, geschliffenen Kieselsteinen, die es als Andenken an einen schönen Bodenseeurlaub in Konstanz zu kaufen gibt. Die kleinen Kiesel sind vor zig Millionen Jahren einmal aus dem Gestein der Alpen abgesplittert, sind am Grunde eines Eiszeitgletschers zermalmt, in den Bodensee gespült und dabei rund und flach gemahlen worden, nun baumeln sie am Hals eines Menschen aus dem 21. Jahrhundert! Diese Vorstellung hat auch was, ob nun mit Heilwirkung oder ohne.

*

Ingrid ist inzwischen operiert. Die Chirurgen haben überall Metastasen entdeckt, ihr aus dem Bauchraum herausgenommen, was möglich war, und sie wieder zugenäht. Den künstlichen Darmausgang muss sie wohl bis zum Ende ihrer Tage behalten. Die Chemo verträgt sie schlecht und schon fallen ihr die Haare aus. Ihre Aussichten sind schlecht, ihr steht ein bitterer Weg bevor, aber sie ist eine Kämpferin. Sie möchte doch noch ein bisschen leben, noch ein bisschen hier bleiben.

*

Es ist Sonntag Abend. Das kleine Auto der Frau Pfarrer steht heute auf der gegenüberliegenden Straßenseite, weil auf dem Hof kein Platz frei ist zum längeren Parken.
„Warum das alles? Warum gerade ich?" Darüber zermartert sich Ingrid Tag und Nacht den Kopf.
„Es ergibt keinen Sinn, so zu fragen, weil darauf wohl niemand eine Antwort weiß.
In unserem Dasein gehört alles zusammen: Alles ist eins und wir stehen eng verbunden mittendrin…im Strom des Lebens. Das Kranke gehört zum Gesunden, das Böse zum Guten, die Lüge zur Wahrheit, das Leid zur Freude und das Sterben-Müssen zum Leben-Dürfen. So ist das."
„…oder das Leben-Müssen und Sterben-Dürfen," sagt Ingrid, „so kann man das auch sehen. Es kommt eben immer auf den Standpunkt an."
„Komm jetzt, Ingrid. Lass den Kopf nicht hängen, Du bist stark, Du hast Kraft zum Kämpfen! Und es gibt doch gute Ärzte."
„Ja, mein Onkologe ist schon gut, aber man weiß eben nie, da steckt man nicht drin."
Manchmal scheint es, als sei das Beziehungsgeflecht zwischen den Menschen brüchig wie ein überaltertes Sackleinen. Nichts hält zusammen, Bindungen lösen sich und zerfallen. Mühsam versucht man, die Löcher zu stopfen, etwas Neues zu knüpfen, und merkt doch, dass Verlorenes unersetzlich ist.

*

Was ist denn das für eine Riesen-Luxus-Limousine! Deutsches Kennzeichen, fünf Japaner steigen aus und zücken ihre Fotoapparate: Mein Obststand dient als Motiv für japanische Touristen. Alles wird sorgfältig dokumentiert, er bietet ja nun auch wirklich ein farbenprächtiges Bild, sage ich mir mit heimlichem Stolz! Vier der Männer kommen lachend auf mich zu, sie nehmen mich in die Mitte, der fünfte, wohl der Chauffeur, muss die Bilder aufnehmen mit den verschiedenen Apparaten. Und „Cheese", nochmals „Cheese", viermal geht das so, jedes Mal kommt ein anderer an meine Seite. Eine deutsche Obstbäuerin mit Schürze wie eine Matrone inmitten einer Schar zierlicher, zwitschernder, japanischer, gut gekleideter Herren mit Fliege! Sayonara…

❊

„Nanu, Sie ganz allein? Wo ist denn Ihre Frau?"
„Hab' sie vorgestern weggebracht zur Kur. So ging es ja nicht weiter. Als sie die Kündigung erhielt, ist sie total zusammengebrochen. Aber noch steht uns ja der Prozess ins Haus. Vielleicht kommt sie danach wieder auf die Beine. Ich sag Ihnen eines, wenn so was in einem Betrieb vorkommt, dann stinkt der Fisch vom Kopf oben her! Und dann ist definitiv etwas faul!"
Das Fatale ist nur, es funktioniert! Dem feinen Herrn sieht man das ja nicht an. Das spüren ja nur die Betroffenen.

❊

„Hab Dir was!" Martin kartiert schon den ganzen Morgen und ist auf dem Nachhauseweg. Kein Wiedehopf und die Ortolane sind natürlich auch längst ausgestorben in unserer Gegend. Die Feldlerche steht schon lange auf der roten Liste.

Vom fahlen Morgenlicht
bis hin
zum letzten Flügelschlag
der goldnen Nacht
schleppen die Netze prall
im Strom der Zeit.
Was es auch sei,
Muskete, Harnisch
oder Säbel und Soldatenschuh,
Klagen, Zürnen, Menschenworte,
verhaltenes Gebet und atemloses Lieben,
des langen Tages Wimpernspiel...
Was immer es auch sei,
es wird
zu seiner Zeit
aus grünen Wassern
in die Welt gehoben.
Ich schließ' die Augen:
Ein Blinder bin ich,
stumm,
der fremdem Wissen lauscht.

„Martin, Du bist ein Dichter!"
„Ein heimatloser, ein vertriebener, ein umgetriebener ohne Bleibechance!"

„Jetzt rede keinen Stuss! Jeder Mensch hat eine Bleibechance auf dieser Welt!“
„Ja vielleicht, mancher halt nur für kurze Zeit.“
Ich falte das Papier und stecke es in meine Tasche. Muss es nochmals lesen, später, zuhause, in Ruhe.
Ein paar Kunden riechen an den Rosen.

*

Eine Mutter mit drei Kindern wie die Orgelpfeifen. Sie ist offensichtlich überfordert. Jedem will sie es recht machen und je mehr sie nachgibt, desto fordernder werden die Kinder. Je länger die Mutter überlegt, desto quengelnder und ungeduldiger wird das Kindergemecker.
„Ich will aber keine Erdbeeren, ich will die da.“ Schon schlägt das mittlere Mädchen weinerliche Töne an.
„Ach Kind, die magst Du doch nicht. Darf sie mal eine probieren?“
Nein bäh, Stachelbeeren sind bei Kindern nicht so beliebt, die sind eher sauer, nein, dann doch lieber die Himbeeren.
„Ich will aber die da, die Schwarzen!“
„Oh Schatz, eigentlich wollte ich doch nur Erdbeeren kaufen“, hilflos steht die junge Mutter inmitten ihrer Kinderschar. Während die beiden Ältesten lauthals ihre Willensbekundungen gegeneinander anschreien, fragt sie das Kleinste, als ob es dieses Problem lösen könnte:
„Und was willst Du?“
„Weiß nicht...“ Es matscht mit seinen Fingerchen an den Beeren herum, die Mutter denkt nicht daran, es

davon abzuhalten. Ein beleidigter Blick zu mir herüber, als ich dem Kind freundlich erkläre, dass andere Leute das noch essen wollen…

Die Diskussion nimmt kein Ende. Eines will keine Erdbeeren und keine Stachelbeeren, das andere will Erdbeeren und die Schwarzen, das andere weiß es nicht, und die Mutter daneben, konzept- und kopflos. Ungeduldig räuspert sich die andere wartende Kundin und verdreht missbilligend die Augen:

„Noch sind die Kinder klein. Na, *DIE* Mutter kann was erleben, wenn die erst mal in die Pubertät kommen."

Nur Geduld, es wächst sich alles aus.

⁕

„Hallo, jetzt haben wir es doch noch geschafft! Hab' zu meinem Mann gesagt: Ich hab's versprochen, wir müssen hier vorbeifahren!"

Idared-Apfelkuchen, gedeckt. Das Rezept ist fein säuberlich mit Schreibmaschine abgeschrieben.

Ist das aber nett! Sie hat Wort gehalten! Ich werde den Kuchen ausprobieren und herausfinden, mit welcher Apfelsorte er am besten schmeckt!

⁕

Es ist Samstag Nachmittag. Die Kirchenglocken haben geläutet. Um zwei Uhr fand eine Hochzeit statt und nun fährt das blumengeschmückte Gefährt mit dem winkenden Brautpaar, eskortiert von der ganzen hupenden Hochzeitsgesellschaft, durch das Dorf!

Manche Wagen haben das Verdeck herunter gelassen, die jungen Leute lassen sich im Übermut den Fahrtwind um die Ohren sausen.
Ich winke zurück, strecke beide Daumen in den Himmel.
Was hab ich es doch gut unter meinem grünen Schirm!
Ich bin mein eigener Herr, kann schalten und walten, bediene gut gelaunt meine Kundschaft, höre zu, was die Menschen freut und auch, was sie bedrückt. Ich lasse die Autos an mir vorbeiziehen und das Leben mit all seinen Widersprüchen und Ungereimtheiten. Bin ein kleines Rädchen im Getriebe, das jedoch noch immer gut funktioniert. Mein Leben verläuft in einer ruhigen Bahn. Zwar bin ich Wind und Wetter ausgesetzt und den Launen meiner Kunden, bin aber trotzdem frei und unbesorgt. Kann hinter meinen Obstkisten fröhlich ein Liedchen summen und die Aussicht ins Tal genießen mit den wiegenden Pappeln und dem Roten Milan, der sich – kiwiii – in den blauen Himmel schraubt.
Wenn die Sonne tiefer sinkt und die Berge im roten Abendhimmel stehen, eilt Heiner herbei: „Feierabend!“ ruft er heiter vom Brunnen herüber. Er löst den Seilknoten mit einem Ruck, wir beide machen einen Sprung zur Seite und der grüne Schirm faltet sich mit einem lauten „Flapp“ zusammen.
Da läutet mein Handy:
„Mama, es hat geklappt. Wir waren beim Arzt. Es wird ein Junge!“
Na, siehst du, und morgen ist ein neuer Tag!

Danksagung:

Herzlichen Dank allen, die mich mit ihrer Kritik und ihrem Zuspruch moralisch und tatkräftig unterstützt haben: meiner Familie, ganz besonders meinem lieben Mann, ebenso Konrad, Marie-Louise, Margret und Brigitte Haas.
Wertvolle Hinweise und Korrekturen verdanke ich meinen Freunden Anna-Maria und Wolfgang Dörr, Sieglinde Barho sowie Ursel und Wolf Giesche.

Impressum

Herausgeber: Fredy Meyer
Umschlaggestaltung und Copyright: Lucia Meyer
Druck: werk zwei Print + Medien Konstanz GmbH
Konstanz 2015

ISBN 978-3-00-051742-6